対馬の海に沈む

窪田新之助
kubota shinnosuke

集英社

対馬の海に沈む

目次

序章 事故 6
第一章 発覚 27
第二章 私欲 65
第三章 軍団 106
第四章 ノルマ 139
第五章 告発 159
第六章 責任 196
第七章 名義人 231
第八章 共犯者 258
終章 造反 296

登場人物の
役職や肩書きは
取材時のものです
（敬称略）

長崎県対馬市
釜山へ
上対馬町 比田勝
上県町 佐須奈
国道382号
博多へ
峰町 櫛
美津島町
雞知
万関瀬戸
対馬やまねこ空港
JA対馬の本店
(厳原町)
釜山へ
壱岐・博多へ
0
10km
1:500,000
Map-It マップイット©

小《こ》宮《みや》厚《あつ》實《み》さんへ

序章　事故

あるＪＡ職員の死

韓国に最も近い国境の島、対馬《つしま》。南北に長細いその中ほどの東岸に、櫛《くし》という小さな漁村がある。

辺り一帯の海岸線はギザギザの形状で、まさにその地名にふさわしい。深い入り江には西側から山が迫り、その間をか細く抜ける県道沿いのわずかな土地で人々が暮らす。

阿比留《あびる》茂敏とユリ子の夫婦にとって、それはいつもと変わりのない一日の始まりだった。自宅の窓から見上げる空には雲一つない。大陸からの季節風が冷たく吹き付ける対馬にしては珍しく、春を先取りしたように暖かかった。

この日は月曜日で、可燃ごみの回収日。七〇代の夫婦はそろって軽トラックに乗り、県道を通って、岸壁のそばにある回収箱に向けて車を走らせた。出発したのは、午前八時四〇分を過ぎたころである。

といっても、乗車している時間はゆっくり運転してもせいぜい数秒に過ぎない。歩いたとしても、たかが知れている。それでも軽トラックを用いたのは、回収箱の向こうの少し離れた場所にある「ドック」に、修理が済んだばかりの簡素な和船を取りに行くためである。

茂敏にとって楽しみの一つが、遠方で暮らす娘が帰郷した際に、目の前の海で自ら取ってきたウニを食べさせること。

「大好物やけん。娘が戻ってくるのに備えて、漁に出るとですよ」

そう語る夫に、妻は「一年を通しても船を使うのは、ほとんどその時だけなんだから」と笑う。娘の話をすると、二人の柔和な顔はさらにほころんだ。

この日、風はおだやかに吹き、海には波がなかった。岸壁には、漁を終えて明け方に帰ってきたばかりのイカ釣り漁船が何艘も、狭い入り江を取り囲むように停泊している。白い船体のあちこちに吹きかけられた墨の多さが、その日の釣果を告げているようだった。

茂敏は、車を目的地に到着させると、助手席に妻を残し、一人車を降りた。そして、荷台に積んだごみ袋を取り出し、回収箱のふたを開けて、中に入れた。

ちょうどその時である。それまで聞いたこともないような、大きくて鈍い音が耳をつんざいた。

「『ガッツアー』といった感じやったとですかね、とにかくものすごい音で。何事かと思って辺りを見回したら、一〇メートルほど先の海上に白い車が浮かんどって、なおさらびっくりしました。どうやら岸壁のそばにある車止めに衝突して、飛んでいったみたいで。後で分かったとですが、どうやら私の真後ろを走り抜けたようで、あやうくひかれるところだったとですよ」

茂敏が軽トラックを走らせてきた県道は、右手の岸壁に回収箱が置かれている辺りから、それとは反対の山側に向かって大きくS字カーブを描いていく。

車はこの道を向こうから駆け降りてきた。そして、最後のカーブを曲がらずに大きく逸れ、車止めにぶつかり、そのまま海に飛び込んだのだ。

後に警察が実況見分したところ、車は岸壁から一一メートル先まで飛んでいたことが判明した。この一事だけで、尋常ではない速度で走ってきたことが窺える。

車止めは、岸壁すれすれの近さで、それと並行して敷設されている。角材のような形状をしており、その一つの長さは二九九センチメートル、幅は一四センチメートル、高さは二〇センチメートルで、全体は黄色で塗装してある。

私が取材で同地を訪れたのは二〇二二年一一月だった。二〇一九年二月二五日に起きた事故からすでに四年近くが経過していたが、車道側の車止めの上部二カ所は、ともに親指の爪くらいの大きさで塗装がはがれ落ちたままになっていた。車が衝突した際にできた傷だと、周辺の住民たちは口をそろえる。

茂敏が目撃証言を続ける。

「ブロックに衝突した後、車がどのように回転したのかは分からんとですが、海に落ちたときにはこっちをまっすぐ向いとった。だけん、運転席にいた男性の顔がフロントガラス越しにはっきりと見えたですよ。両目を開いて、ハンドルを握っていて、意識はあるようやった。家内がすぐに車から出てきて、『早《は》よ出らんね、早よ出らんね』って何度もおらんだ（叫んだ）んですが……」

茂敏は岸壁にある他人の和船に急ぎ乗り込み、救出に向かおうとしたものの、エンジンのかけ方が分からずにあたふたした。そうこうするうちに、車は完全に沈んでしまった。

妻ユリ子によると、それは車が海に飛び込んでから一〇分ほどの出来事だったという。やはり彼女にとっても事故は生々しい記憶としてあるようで、「運転席の人は、とにかく最初から最後まで微動だにせんかったです」と、語気を強めた。

事故後、騒ぎを聞きつけて、辺りにだんだんと人が集まってきた。通勤時間帯だったこともあって、通りがかりの車から降りてくる人も少なくなかった。

しばらくしてそんな辺りのただならぬ雰囲気に気づいたのは、阿比留夫婦の家の近所に住む以南《いなみ》八重子である。

「私が事故に気づいたときには、すでに辺りは人だかりしていました。入り江を取り囲むように一〇〇人近くおったでしょうか。私は怖かったので、近くには行きませんでしたが」

この時すでに、現場に警察が到着し、入り江の一帯に規制線が張られていた。潜水士によって海中の探索が始まったところだった。

やがて車が見つかったのは、深さ六・二メートルの海底。海面に浮いていた状態のまま沈んでいったのだろうか、タイヤはすべて海の底に着いていた。水温は一五度だった。

クレーン車によって車が引き揚げられたのは、転落してから約一時間三〇分が経ったころ。運転席側の後部の車輪にロープをかけたことで、逆さの状態で吊り上げられ、岸壁そばの地面に降ろされた。

車は四人乗りのダイハツ「アトレーワゴン」。車体は、フロントガラスの全面が蜘蛛《くも》の巣状にひび割れ、ボンネットが大きく凹むなど、事故の衝撃を物語っていた。

引き揚げられる際に、車は逆さになった。そのせいで男がいる場所が運転席から助手席に移動したのだろう、助手席側の後部の扉の窓からは左足が、助手席の扉の窓からは左手が見えた。後の警察の調べで、男は死亡していることが確認された。

亡くなったのは、対馬農業協同組合（JA対馬）の正職員西山義治《にしやまよしはる》。享年四四だった。司法解剖の結果、直接の死因は「溺死」。出勤日だというのに、なぜだか、着衣は上下ともに、黒色のジャージだった。

JA対馬の関係者によると、西山の体内からは基準値を超えるアルコールが検知された。明け方近くまで、長崎県対馬市の中心地である厳原町《いづはらまち》で、職場の同僚や地元の企業の経営者らと酒場をはしごしていたという。

「金融屋」となったJA

西山が勤めていた農協という組織について、少し説明したい。

農協は「総合農協」と「専門農協」に大別される。

総合農協とは、農業や生活にとって必要な物品を販売したり、農畜産物や加工品を集荷や出荷したりする「経済事業」のほか、貯金の受け入れや資金の貸付をする「信用事業」と、共済商品（生命保険や損害保険と同じもの）の開発や販売をする「共済事業」を兼営している。

一方、専門農協とは、園芸や果樹、畜産や酪農など品目別に農家が設立した農協のこと。こちらは、総合農協と違って信用事業は扱わず、主業とするのは経済事業である。

専門農協も存在する。ただ、農協を構成する「組合員」の数で圧倒的な多数を占めているのは総合農協である。専門農協の組合員数は約一二万五〇〇〇人なのに対し、総合農協のそれは約一〇三六万人（いずれも二〇二一年度）と桁が二つ違う。そして、この総合農協こそがＪＡである。

ＪＡ対馬のように特定の地域に拠点を置き、その範囲で活動をする農業協同組合を「単位農協」、略して「単協《たんきょう》」と呼ぶ。

その組織名は、地域の名前にちなむことが多い。たとえば長崎県であれば、ＪＡ壱岐《いき》市（壱岐市）やＪＡごとう（五島《ごとう》市）、ＪＡ島原雲仙《しまばらうんぜん》（島原市、雲仙市、南島原市）などである。二〇二四年一〇月時点で単協の数は全国で五〇六に及ぶ。

ここから先、単協一般については単に「ＪＡ」と、特定の単協については「ＪＡ対馬」のようにその名前で記すことにする。ただし、役職員は自らの組織のことを「農協」と呼ぶことが一般的なので、話し言葉のなかでは「農協」という表現を使っていく。

それからＪＡには事業別に、共済事業を束ねている全国共済農業協同組合連合会（ＪＡ共済連）のほか、信用事業と経済事業をそれぞれ統括する農林中央金庫（農林中金）と全国農業協同組合連合会（ＪＡ全農）、さらに、ＪＡの指導的立場にある一般社団法人全国農業協同組合中央会（ＪＡ全中）といった、全国段階や都道府県段階の組織がある。このほか、挙げればきりがないほど関連する団体や会社が存在する。それらを一括りにするときには、「ＪＡグループ」と表記したい。

世間ではＪＡというと一緒くたに語られがちだが、実際にはいずれのＪＡも独立した経営をしている。そのため、あるＪＡの職員が別のＪＡの職員と日常的に交流する機会はないし、互いに深く知った仲ではないのが一般的である。他県となればなおさらだ。

それでも、西山が死んだという事実は衝撃をもって、ＪＡ対馬だけではなく、ＪＡグループにじわじわと広がっていった。というのも、ＪＡの共済事業において、長年にわたって全国でもダントツの実績を残してきた彼はあまりにも有名な人だったからである。

JAグループの組織図

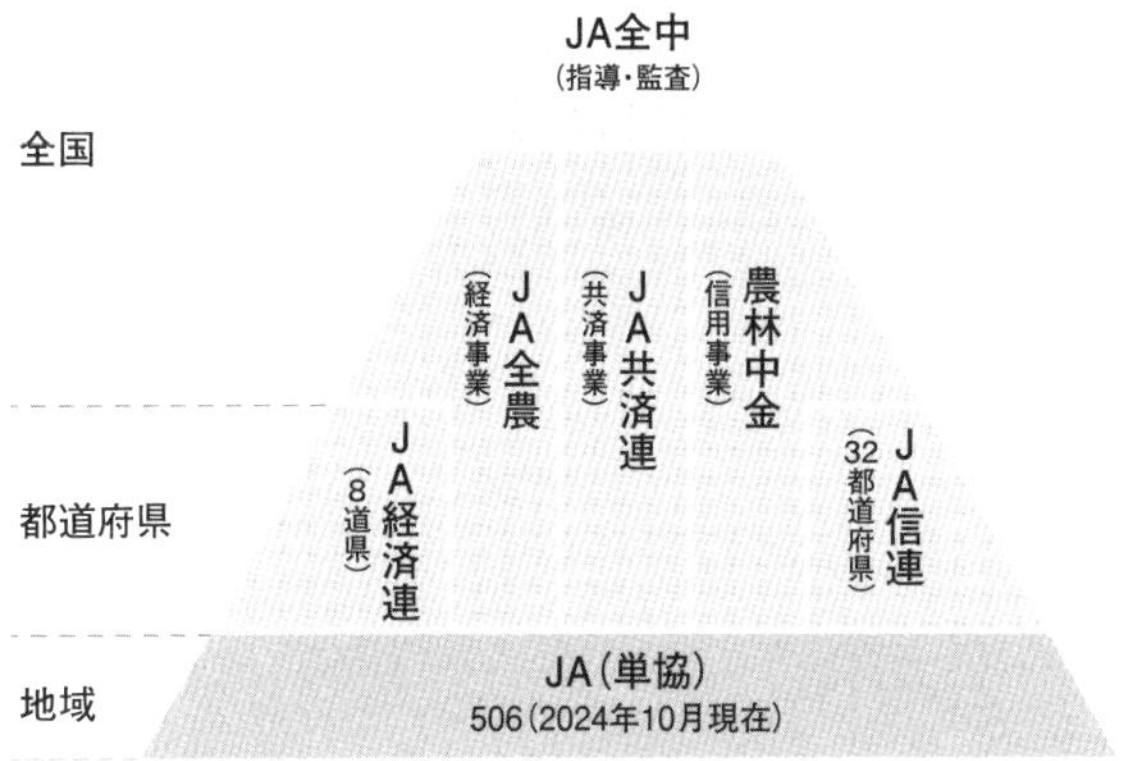

ＪＡの事業として一般の人がすぐ思い浮かべることといえば、農家に営農の指導をしたり、彼らが生産した農産物を集荷したり、あるいはそれらを卸売市場や量販店に出荷したりすることだろう。

ただ、北海道を除く都府県の約九割のＪＡでは、本業であるべきこうした農業に関連する「経済事業」は赤字に陥っている。

その穴埋めをしているのが「共済事業」であり、貯金の受け入れや資金の貸し出しなどをする「信用事業」である。共済と信用という二つの事業は、「金融事業」と、一括りにして呼んだりする。

金融事業の二つの実績を見ると、いずれも国内有数であることが分かる。

ＪＡグループで共済事業の「司令塔」を自任するＪＡ共済連の総資産は五七兆六八七〇億円で、これは「日本の国家予算の半分ほど」。保有契約高は二二四兆三三五五億円で「世界でも指折りの規模」。新契約高は一三兆二三八三億円で「日本でトップクラス」。いずれも、ＪＡ共済連が就職情報サイト「マイナビ２０２６」に載せている最新の金額とその説明である。

さらに生命保険・共済の業界におけるその位置づけを見ると、保有契約高・総資産では、ＪＡ共済連が扱う「ＪＡ共済」の商品が日本生命に次いで二番手である。また損害保険の正味収入保険料でも、大手損保と肩を並べている。なお、子会社を作らずとも生命・損害の両方の保険・共済を扱えるのはＪＡだけの特例となっていることから、ＪＡは業界最大の組織といえる。

農林中央金庫は「日本を代表する機関投資家」を自任しているとおり、ＪＡが組合員から集めた貯金を外貨建ての金融商品に投資し、その利ざやと売買益で稼いできた。農林中央金庫の貯金残高は、二〇二三年度末時点で一〇八兆三八二四億円に及ぶ。これまた国内の大手行に迫る規模である。いまのＪＡグループの実態を概観すると、「農業の専門集団」というよりは「金融屋」としての色が非常に濃くなっている。

約二万人の頂点に立った「ＬＡの神様」

さて、このうち共済事業について、各地のＪＡでその商品を専門に営業しているのが「ライフアドバイザー（Life Adviser）」、略して「ＬＡ」である。西山も、在職期間のほとんどでその役職に就いていた。

彼が亡くなった当時、ＪＡの職員は全国で約一九万人を数えた。このうち約二万人がＬＡだった。

彼らが目標にしているのは、ＪＡ共済連が東京都内の有名ホテルで毎年開催する「ＪＡ共済優績ライフアドバイザー全国表彰式」、通称「ＬＡの甲子園」で表彰されること。これには例年、数百人が選出される。LAにとっては、この晴れの舞台に立つことは名誉である。加えて、勤め先のJAからは歩合給が支給されるのだ。

　西山は、正式にJAに就職した一九九七年度以後、わずか一年を除いて「優績表彰」を受け続けてきた。

　さらに、「優績表彰」を受けた中でも、とりわけ優れた実績を挙げたLAだけに与えられる「総合優績表彰」を二一回も授与されている。これは、例年数人しか選ばれない極めて狭き門である。

　「LAの甲子園」に出場すれば、JA共済連が制作する広報誌や映像に取り上げられ、その実績はJAグループで広く知れ渡る。

　「LAの甲子園」には数多くの著名人が来賓する。JAグループのCMに出演している俳優の有村架純《ありむらかすみ》や浜辺美波《はまべみなみ》らである。オリンピックをはじめとする国際的な競技大会に出場した経験があるスポーツ選手や、テレビなどでお馴染みのタレントや芸人らも大勢そろい、会場を盛り上げる。

　なかでもその顔とされるのは、JA共済のイメージキャラクターを長年務めている俳優の仲《なか》間由紀恵《まゆきえ》である。私が持っている二〇二一年度の「LAの甲子園」の映像では、受賞者に単独で祝辞を述べているほか、「総合優績表彰」の受賞者にJA共済連の青江伯夫《あおえはくお》会長とともに表彰状を授与している。

ＪＡグループ長崎の関係者によると、「総合優績表彰」の常連だった西山は、まさにこの場で仲間本人から「また会ったね」と声を掛けられたそうだ。

西山が「ＬＡの甲子園」に毎年のように出場し、「総合優績表彰」を一二回も受賞したことは、次のような実績を見せつけられれば納得するしかない。

後に閲覧した「ＪＡ対馬不祥事第三者委員会」の調査報告書（二〇二〇年五月八日付）によると、どうやら彼はこの時まで、じつに二二八一世帯四〇四七人分の契約を取ったことになっていた。一方で、西山以外の職員が取ったという契約の件数は八一九四人分だった。これに西山が取ってきた四〇四七人分を足せば、一万二二四一人分に及ぶ。つまり、西山が一人で獲得した契約者は、ＪＡ対馬全体のおよそ三分の一を占めていたわけである。ＪＡ対馬の共済事業は、西山の肩にかかっていたといっても過言ではない。

なお、西山が亡くなった二〇一九年二月末時点で、対馬の人口は一万五一一〇世帯三万九〇一人だった。西山が獲得したとされる契約者数は、対馬の人口の一割以上に相当したのだ。

だから西山は、単なる「ＬＡ」ではなく、その中でもとりわけ優れた実績を残してきた職員に与えられる「ＳＬＡ」という称号を得ていた。これは、「スーパーライフアドバイザー(Super Life Adviser)」の略である。

それだけに周囲の扱いも特別だった。「LAの甲子園」の前哨戦ともいえる県段階の表彰式で、たびたび顔を合わせた別のJAの職員が証言する。

「西山さんは一般的なLAの何十人分という成績を挙げ、『LAの甲子園』では毎年のように二位とは圧倒的な差をつけていましたね。県の表彰式で見かけた際には、共済連の職員が常につき従い、崇め奉られている印象で、まるで『LAの神様』といった感じでした」

発覚した三億円超の横領疑惑

西山は桁外れの顧客を持っていただけに、稼ぎにしても「LAの神様」と呼ばれるにふさわしいものだった。

LAには、基本給とは別にその営業実績に応じた歩合給が付く。

西山の場合、この歩合給がすさまじかった。私が調べることができた二〇〇七年度から二〇一九年度までに限ると、最も多かった二〇一七年度の歩合給は三二八五万三六四六円に達した。

当時は、これとは別に基本給や賞与、管理職の手当などで年間五〇〇万円を超える基本的な収入があった。歩合給と合わせれば、四〇〇〇万円近くに上る。本人が周囲に、「年収はプロ野球選手並み」と吹聴していただけのことはある。

後に取材したJA対馬の前組合長の桐谷安博《きりたにやすひろ》の場合、組合長時代の報酬が平均して年間五七二万四〇〇〇円だった。つまり、西山は組織の長の何倍も稼いでいたわけである。日本一の営業マンは、なぜあまりにも突然に亡くなったのだろうか。遺族によると、遺書はない。真因は分からないままだ。

ただ、JA対馬の関係者によると、職場では当初より自殺の噂《うわさ》が絶えなかった。というのも、その死の直前、「LAの神様」に似つかわしくない疑惑が持ち上がっていたからだ。西山が多額の共済金を不正に横領していたというのである。そのために、彼はごく一部の職員の間では陰で、「LAの神様」などとはまったく異なる呼ばれ方をされるようになっていた。

「モンスター」——。

JA対馬やJA共済連が後に調べたところ、西山が共済を契約している建物の被害を捏造《ねつぞう》し、共済金が不正に振り込まれるようにしていたことが判明した。

さらに、共済金の振込先を、本来の契約者ではなく、自分や第三者が名義人になっている口座に設定していた。

第三者が名義人となっている口座には二種類ある。一つは、西山が口座の名義人に無断でつくった「借名口座」。もう一つは、口座の名義人が自ら開設した後、西山が依頼して通帳や印鑑、あるいはキャッシュカードまで預かっていたという「借用口座」。

西山の死後、職場にある彼の机の引き出しには、それらの名義人の印鑑が何十本という束になって入っているのが見つかった。

不正の実態が明らかになるに従い、被害の総額はだんだんと積み上がっていった。ＪＡ対馬が二〇二二年六月二四日に発表したところでは、調査できた二〇一〇年度から二〇一八年度だけで二二億一九〇〇万円に達している。

私は長いことＪＡを取材してきた。そもそも大学を卒業した二〇〇四年に入社したのが、ＪＡグループの機関紙『日本農業新聞』を発行する株式会社日本農業新聞（東京都台東区）だった。二〇一二年にフリーランスのジャーナリストになってからも、農業をテーマにした取材を続けてきた。その中でＪＡグループにおける金を巡る不祥事については頻繁に耳にしてきたものの、一職員によるこれだけ大規模な不正は初めてである。

果たして巨額の金はどこに消えたのだろうか。はたまたそれ以上の損失があるのだろうか――。西山の死から五年以上が経ったいまでも、その全容は解き明かされていない。

確かなことは、西山が不動産に投資をしていたことである。自宅や妻はるみの両親の家を含めた一六件に及ぶ不動産だ。いずれも対馬空港から車で五分ほど、量販店やドラッグストア、飲食店といった商業施設がいくつも立ち並ぶなど、開発が進み、地価が高騰していた美津島町《みつしままち》雞知《けち》の一帯にある。

後に閲覧した裁判資料によると、このうち二〇一二年から二〇一三年にかけて、妻の名義で購入した宅地に自宅を新築している。二〇一四年にも妻名義で宅地を購入し、二〇一七年に妻の両親が居住する家を建てた。

事件をよく知る人物によると、西山は残りの不動産の多くで賃貸住宅を経営しようとしていた。さらに西山は、韓国からの観光客が今後も増えることを見込んで、雞知でホテル業を始める計画をしていたという。

不相応な金の使い方といえば、西山家のＪＡ共済の掛け金もそうである。

取材を始めてすぐに、西山は自分と妻、三人の子どもを契約者か被共済者かにして、多額の掛け金を支払っていたことが分かった。その金額は二〇一八年度に限っても四〇二七万円に及んでいた。その契約件数は、終身や医療などのいわゆる「ひとの共済」だけで一四〇件。さらに「いえの共済」は一七件、自動車共済は六件となっていた（いずれも二〇一八年四月時点）。

前記したように、西山がいかに歩合給で稼いでいたとはいえ、年収は多くても四〇〇〇万円ほどだったはず。西山の妻はるみは専業主婦である。両親も義理の両親も事業をしているわけでもなく、年金暮らし。そうであれば、西山が年収と同額以上の掛け金を支払える経済的な能力はないのではないか。

西山家は、貯金にしても年収を踏まえれば過剰とも思えるものだった。彼が亡くなったとき、その家族全員がＪＡバンクや長崎の地銀に預けていた金は年収の数年分に及んだ。ＪＡ共済では年収を超えるような掛け金を支払いながら、なぜこれだけの蓄財ができたのだろうか。

転落事故の当日は、一連の疑惑に関連して職場から核心的なことを追及される日だった。

もはや逃れるすべはなく、観念したのではないか――。自殺の噂が絶えないのは、そのためである。

一人の犯行なのか

いずれにせよ、巨額の共済金を不正に流用した責任は西山一人に負わされた。

事件の発覚後、監督官庁である長崎県はＪＡ対馬からの報告を受けて、これを農業協同組合法（農協法）に基づいて「不祥事件」と定めた。

ＪＡ対馬はＪＡ共済連とともに、西山の財産を受け継いだ妻はるみとその三人の子どもとの間で始まった裁判で、損害の賠償を請求している。

報道各社もＪＡ対馬による記者発表をそのまま受け止め、西山が一人でＪＡに多大な損害をもたらしたということを伝えるだけで終えてしまった。

だが、どうにも違和感が残る。

私は二〇〇四年四月に日本農業新聞に就職した後、すぐに福岡にある支所に赴任した。大学で持った民俗学への関心を引きずったままに、九州の神社や祭りを見て回るなか、同年のクリスマス・イブには厳原港を経由して対馬の中ほどに位置する「和多都美《わたづみ》神社」を参詣した。彦《ひこ》火火出見尊《ほほでみのみこと》と豊玉姫命《とよたまひめのみこと》を祀《まつ》るその海宮《わたづみのみや》まで往復するだけのあっさりとした旅行だったが、印象に残ったことの一つにひどく閑散とした国境の島の雰囲気があった。今回の不祥事件に興味を抱いたのには、そうした過去の印象と日本一の営業実績がどうにも結びつかなかったことがある。

それに、たった一人の職員が長年にわたり、職場の誰からの助力もなく、JA史上稀《まれ》に見る大規模な不正を働くことができたのだろうか、という疑念も自然と湧いてきた。

JAグループには、JAの各種事業を監査する関係機関と仕組みが存在している。今回の不祥事件は、それらがいずれも機能していなかったことの証左でもある。そこに責任や反省は生じないのだろうか。いや、そもそも、関係機関は西山の不正にずっと気づかなかったのだろうか。

ひるがえって全国に目を転じると、ＪＡの金融事業を巡っては、職員による詐欺や横領などの不祥事件が後を絶たない。そのたびにＪＡは、「今回の事件を厳粛に受け止め、今後もコンプライアンス意識の醸成および内部統制機能の確立を図り、信頼回復に努めて参ります」といった定型文通りのおわびをする。それでまた当該のＪＡで、あるいは異なるＪＡで、同じような不祥事件が再発してしまう。そこには、全国で共通している腐敗の構造が確かに存在する。

私は過去の仕事で、ＪＡにおいて一連の不祥事件が起きる要因に、共済商品の営業において過大なノルマがあることをつまびらかにしてきた。すなわち職員はノルマをこなすために、自分や家族が不必要な契約を結ぶ「自爆」と呼ぶ営業を強いられている。そのために実質的に捨てているといえる金は、年間で数十万円は当たり前である。多い場合には、数百万円にも及ぶ。

一部の職員は、自爆による経済的な損失を取り戻したいという気持ちも手伝って、詐欺や横領に手を染めてしまう。

あるいは自爆による経済的な負担を減らすために、顧客を騙《だま》して、不利益となる契約をあえて勧めることも横行している。そうすれば、ノルマを達成できるからだ。

心身すらもさいなむ「自爆営業」など、したくはない。ましてや顧客を裏切るような犯罪まがいの営業行為など許せない。そんな常識と良心を持った職員たちが、過大なノルマとの間で板挟みになり、やむなくＪＡを次々に辞めるに至っている。

ただ、西山に限っては、ノルマに苦しむそうした大勢の職員たちとはまったく異質の存在に映る。彼はノルマなどまるでものともしなかった。なぜそれほどの実績を挙げられたのか。あるいは、挙げなければならなかったのか。そのことと、彼が単独で実行したとされる不正とは、いったいどういう関係があるのか。

私は、各地のＪＡについて取材するなかで、その腐敗ぶりと隠蔽体質を嫌というほど見聞きしてきた。ひょっとすると西山は、不正を積み重ねるなかで、図らずもＪＡグループが抱える組織の構造に関する問題や弱点を見つけ出していったのではないだろうか。彼はそれらに付け入ることで、金や力、名声を自らのものにしていったのではないだろうか。

この仮定をさらに推し進めると、こんな想像が生まれてくる。ＪＡグループは、西山が不正を積み重ねることで露呈させていった組織の恥部や責任が発覚することを恐れた。そのため西山の死後にあらゆる咎《とが》を彼一人に負わせ、ほかのすべての臭いものにふたをしたのではないだろうか、と。組織が自らの非をさらけ出すことも問いただすこともせず、一部の人たちにあらゆる責任をなすりつけ、トカゲのしっぽ切りで済ませるのはよくあることである。

ＪＡの問題とは別に、気になったことがあった。それは、取材を始めて分かったことではあるが、西山個人に「終身共済」や「養老生命共済」などの「ひとの保険」だけで、五億円を超える共済金が掛けられていたことだ。長崎地方裁判所の裁判資料やＪＡ関係者によると、いずれも妻はるみが受取人である。そして彼女は西山の死後、実際にそれを請求している。

この尋常ではない共済金は、いったい何を意味するのだろうか。


一連の疑惑を晴らすため、私が伝手《つて》もないまま対馬の地を踏んだのは、二〇二二年一一月のことだった。過去の取材で明らかにしたＪＡグループが腐敗していく構造上の問題を、さらに深いところまで知り得るのではないかという気持ちに突き動かされてのことである。西山による不正が明るみに出てから、すでに四年近い歳月が流れていた。

やがて古い壁がボロボロとはがれ落ちるようにしてさらけ出された真相は、巨大組織の闇だけにとどまらなかった。

いま振り返れば、この時の私は、人間とその社会の恐ろしさがまるで分かっていなかったのである。

第一章　発覚

基幹の一次産業が下火

秋晴れの空に向かって長崎空港を飛び立った、全日本空輸（ANA）とオリエンタルエアブリッジ（ORC）が共同で運航するプロペラ機は、人口がわずか三万人弱の離島との間を結ぶのにはうってつけといっていいほどに小さかった。

搭乗すると、天井は背が高い人であれば頭がついてしまうのではないかと思うほど低い。どこか古めかしい感じがする青色の椅子は、二席ずつ、通路をはさんで二列になっていて、全部でわずか四〇席ほどだろうか。

それでもざっと半分が空席といったなか、私は八〇歳近いと思われる男と隣り合わせになった。窓際の席にどっしりと腰を降ろしていた大柄の男は、ウェスタンハットとジーンズという、カウボーイを意識したような格好をしている。

私が席に座ってシートベルトを締めるのを待っていたかのように、男はごく自然に話しかけてきた。まずは、「自分は対馬生まれの対馬育ちで、いまも対馬に住んでいる」「今回は、対馬から長崎に働きに出ていった仲間と会食するための旅行だった」といった自己紹介から。やがて話題は対馬のいまに向かった。

「最近の若者はかわいそう。自由になる金がないけん、福岡や長崎に遊びにも行けん。私らが若かったころは、漁業も林業もいまよりずっと盛んだったけん、給料も良くて、それこそ毎週のように福岡や長崎で遊びよった。いまは漁業も林業も下火やけん、若者がおらんようになってね」

男が言うように、対馬の基幹産業である漁業と林業の業績はどちらも下降線をたどっている。漁業の産出額は最盛期の一九八一年には約三五六億円だった。それが二〇二〇年には約一〇五億円と三分の一以下になった。同年は新型コロナウイルス禍で外食産業での需要が落ち込んだことも影響しているものの、大きく減っているのは間違いない。

林業の産出額は一九九〇年に約三二億円だったが、二〇二一年には約一四億円と、こちらも大幅に減っている。

私は、一次産業の中で唯一話題に出なかった農業について尋ねた。

「原木シイタケくらいかな」

男はあいにくまるで関心がなさそうで、なんともさびしい返事だった。

それもやむを得ない。対馬の総土地面積に占める耕地面積はわずか一・一％で、全国平均の一一・五％の一割程度に過ぎない。おまけに人口も少ない離島で、一つのＪＡが長崎県のほかのＪＡと合併もせずに生き残っているというのが不思議なくらいだ。

宅地や耕地の代わりにこの島を覆うのは、圧倒的な森林だ。林野面積は実に九割にも及ぶ。対馬では、その林野から切り出してくるアベマキやコナラ、クヌギ、サクラなどを原木として、シイタケを栽培することが盛んである。その歴史は、江戸時代にまでさかのぼり、幕府への献上品とされてきた。実際に対馬を車で走ってみると、生木から原木に加工している様子を目にすることとなった。

それだけに対馬市には「農林しいたけ課」がある。ただ、同課によると、そのシイタケも産出額は二億六〇〇〇万円（二〇二一年度）にとどまる。農業全体の産出額にしても六億円程度に過ぎず、縮小する一次産業の片隅をなんとか占めているといった感じである。

後に取材した地元の市議会議員や建設業者によると、二次産業の中心にある建設業界もふるわないという。

このように対馬では、これまで島を潤してきた産業に関しては、どうにもこうにもさえない話になってしまう。

対馬は、古来、九州北部や朝鮮半島との交易を大事にしてきた。そして、いままさに対馬市が産業の切り札として掲げているのが、観光業である。

得意先は韓国。対馬の最北から釜山《プサン》までは、わずか五〇キロメートルの距離に過ぎない。天気のいい日には、その街並みを眺めることができる。

そんなご近所さんとも言えるような異国から訪れる人たちは、二〇一一年に四万七〇〇〇人だったのが、二〇一八年にはその約九倍の四一万人にまで増加した。

後に対馬の島内を車で走ってみて印象的だったのは、ハングルで記した道路標識がいたるところに設置されていることである。道路工事の現場に一時的に置く電光掲示板やコーンにさえも、彼《か》の国の文字の表示があるのだ。

ところが二〇一九年に日韓関係が悪化したことで、韓国人観光客は二六万二〇〇〇人と、前年より大きく数を減らした。さらに新型コロナウイルスの影響で、二〇二〇年三月からは韓国との間を結ぶ国際船が運休になり、韓国人の観光客は激減した。

ただ二〇二二年秋に私が訪れる直前、長崎県や対馬市などが国際船の運航を再開する協議を始めたところだった。観光業に携わる人たちは、再開の時をいまかいまかと待ちわびているに違いない。

「対馬まではあっという間だから」

会話の途中で、男がつぶやいた。

ほどなくして窓外を覗いてみると、眼下に大きな島が見えてきた。壱岐だとすぐに分かった。なにしろ対馬にしては、島の形があまりに平板にできている。こちらはその平坦な地の利を活かして、稲作や畜産業をはじめ農業が盛んである。

そのうちに早くも降下するという機内放送があったので、窓から覗いてみると、別の島が姿を見せていた。今度こそ対馬だった。

すぐにそれと分かったのは、まずは窓枠には収まらない島の大きさにある。日本の島で対馬は、沖縄本島と北方領土を除けば、佐渡島と奄美大島に次いで三番目に面積が広い。

それに、見る限り平地が皆無で、島がまるごと山といった感じである。といっても全島がこれ一つの大きな山というのではなく、いくつもの断層によって谷が形成されているようで、起伏に富んでいる。海岸線に目をやると、どこも切り立った崖ばかりで、浜辺は見当たらない。

『魏志倭人伝《ぎしわじんでん》』には、対馬の様子が次のように記されている。

〈居る所絶島、方四百余里ばかり。土地は山険しく、深林多く、道路は禽鹿《きんろく》の径《みち》のごとし。千余戸あり。良田なく、海物を食して自活し、船に乗りて南北に市糴《してき》す（米の購入をする）〉

少なくとも上空から眺めた限り、三世紀に編纂《へんさん》された歴史書の記述と変わるところがない。

そんな悠々とした時の流れを感じる眺めにひたっていたところ、はっと目が覚めるような景色に出くわした。南北に長細いこの島の腹を横に切り裂くかのような、大きな運河が見えてきたのだ。

男がすかさず、「あれは、日露戦争のときに開削してできたんだよ」と教えてくれた。

前回来た時にも確かに目にしていたこの運河について、あらためて調べてみると、「万関瀬《まんぜきせ》戸《と》」という名前だった。対馬は、西の浅茅《あそう》湾と東の三浦《みうら》湾をつなぐこの運河を境に北と南の二つの島に分かれている。

対馬は、もともとは陸続きで一つの島だった。それが日露戦争開戦の足音が近づいてきた一九〇〇（明治三三）年に、旧日本海軍が万関瀬戸を開削した。目的は、海中で爆薬を爆発させて敵の艦船を破壊する水雷艇が、対馬市美津島町竹敷《たけしき》にあった旧日本海軍の要港部から対馬東海上に出撃する時間を短縮することにあった。これまた国境の島らしい逸話である。

そんなすさまじい土木工事によって島が二分された際、双方を結ぶためにかけられた全長二一〇メートルの赤色の橋が「万関橋」である。付近には駐車場があり、いまや観光名所となっている。

飛行機はほどなくして、この万関橋からやや南西にある「対馬やまねこ空港」に降り立った。美津島町雞知。対馬のなかでもとくに商業地や宅地としての開発が盛んなこの土地には、空港だけではなく、西山の自宅があることはすでに調べてあった。

男に別れを告げた私は、空港の近くで車を借りた。途中でいくつかの小用を終えると、島の最北に位置する上対馬町《かみつしままち》は比田勝《ひたかつ》に向かった。

同地には、西山がＪＡ対馬に在職中、わずか三カ月を除く二〇年以上にわたって勤務していた上対馬支店がある。彼が日本一の実績を挙げてきた職場と地域を、まずは見ておきたかった。あわよくば西山を知る人物と出会い、彼の不正についてなにか聞けるのではないかという期待もあった。

素朴な疑問

比田勝は遠い。

空港からは直線距離にして約四五キロメートル。ただ、そこはリアス海岸と山林が多い複雑な地形の対馬である。実際の走行距離は約六五キロメートルにまで延びる。あいにく高速道路はない。

遠いと感じたのは、その距離以上に別の理由がある。道中は、入り江とともに現れる小集落が点在するほかは、ほとんどが林野ばかりなので、とにかく変化に乏しい。ところどころ紅葉していたこともあり、当初は対馬らしい景色も含めて楽しんでいたものの、しばらくするとさすがに飽きてきた。

そのうちに、だんだんと心細さも募ってくる。国境の島で人影がまるで見当たらない道を走っているからだろうか。あるいは、ほとんど手掛かりもなく来てしまったため、今後の取材に不安を感じていることも手伝っているのかもしれない。

いずれにしても西山が二〇年以上にわたって、この長い道をほとんど毎日のように通勤していたのかと思うと、彼の苦労を慮《おもんぱか》る気持ちも湧いてきた。

ただ、それは余計なお世話だった。後に知ったことだが、彼は美津島町雞知の自宅とは別に、勤務先の近くにも仮の住まいを持っていた。場所は比田勝から車で一五分ほどの距離にある上県町《かみあがたまち》佐須奈《さすな》で、そこにJAが職員用に借り上げていたアパートがある。西山は、平日はそこで過ごし、週末のたびに雞知の自宅に帰宅して、週明けに上対馬支店に出勤するということを繰り返していた。

途中寄り道をした。そのため比田勝に到着したときには午後三時を過ぎていた。雞知を発ってから初めてといっていい街である。

ここは、海路でこの島に来る人たちにとっては北の玄関口に当たる。南の玄関口である厳原港と同じく、比田勝港からもまた、博多とを結ぶフェリーのほか、釜山との間を結ぶ高速船が出ている。

比田勝港の建物は建て替えたばかりのようで、新しかった。駐車場を広く取っていて、大型バスが停められる区画も充実させている。コロナ禍が収束したら、ここに韓国人がどっと押し寄せ、大型の観光バスで島内を巡るはずである。ただ、あいにくこの時は、韓国人どころか、日本人の観光客らしい姿も見当たらなかった。

目指す建物は、その比田勝港の手前を脇道に逸れた商店街の中にあった。もとより大きな店舗でないことは予想していたが、その実物を目にしたときには、狐につままれた感じがした。

ざっと見たところ、商店街は距離にして二〇〇メートルほどだろうか。飲食店やCD店、書店といった主に個人商店が一〇店舗少々並んでいる。上対馬町の住民にとってはここが買い物の拠り所なのだ。

それなのに人影がほぼ見当たらない。しばらく佇《たたず》んでいたが、ランドセルを背負った二人の女児が通りがかっただけだった。

そんな閑散とした雰囲気の中、その二階建ての小さな建物は気配を消すようにしてシャッターを下ろしていた。まるで、この辺り一帯だけ、時間が止まっているかのようだった。

目の前にある建物は、築年数がかなり経っているのだろう。白塗りの外壁は、あちこちに剝落や黒ずみが目立つ。ほかのＪＡでも見られる白と緑を基調とした「ＪＡ共済」と「ＪＡバンク」の看板がかかっていなければ、それが目的の店舗だとはにわかには気づかなかったに違いない。

午後三時過ぎだというのにシャッターが閉まっていたので、一瞬、不祥事件を受けて閉じたのかと訝《いぶか》った。ただ、見上げると、二階の窓ガラスの向こうに明かりが点いている。

後でＪＡ対馬の関係者に確認すると、上対馬支店の閉店時間は午後三時だそうである。寄り道をせず、まっすぐに向かっておけばよかったと、ちょっと後悔した。

それにしても、日本一のＬＡが働いていた場所は、本当にここで間違いないのだろうか。

近くの店に入って、聞き込みをした。すると、確かに西山義治という職員が、ここで長いこと勤務をしていたという。ただ、本題の不正のことに話を持っていくと、彼らは一様に口を閉ざした。中には気軽に受け答えしてくれた女性もいたが、店の奥から夫と思われる男性がすぐに出てきて、「あんまりしゃべるもんじゃない」といったようなことを口にした。すると、女性は小声で何かを言い残して、そのまま奥に消えていった。

商店街を離れ、車で上対馬町をぐるりと回ってみた。集落はぽつりぽつりとあるものの人影を見ることは稀だし、街と呼べるのは比田勝だけである。

それなのに西山は、たとえば二〇一七年には年間三八〇〇件ほどの契約を取ったことになっている。これは当時の上対馬町の人口と変わりない。

対馬に来て、改めて大きな謎が実感を伴って心の中に湧いてきた。西山は、そもそもどのようにして過疎の町で日本一の実績を挙げられたのだろうか。ざっと見て回った閑散とした景色との間を埋めるものが何であるのか。私には見当がつかなかった。

私は対馬に来る直前に、長崎市にある長崎地方裁判所に寄った。西山の遺族とＪＡの間で続いている裁判資料に目を通すためである。

そこには、西山が架空の契約を作っていたことも書かれていた。一年間で何百とか何千とかいう契約を捏造することは、事務的な処理をする量だけを取っても、とても一人でできるはずもないことは容易に想像がつく。しかも、西山は長年にわたってそんな莫大な実績を挙げ続けてきたのである。誰もその異常さに気づかず、問題にならなかったことのほうが不思議なのではないか。

あまりに素朴なこの疑問を探っていくことが、今回の不祥事件の全体像を解明することにつながるに違いない。

私はそんな思いを強くし、とりあえずはＪＡ対馬の関係者に当たることにした。裁判資料に目を通してきたおかげで、少しながらその調べはついていた。

ただその前に、事件の概要を頭に叩き込んでおく必要があった。そこで、この日の残りの時間は、長崎地方裁判所で慌ただしく写してきた裁判資料を読み通すことにした。以下、後に手にした「ＪＡ対馬不祥事第三者委員会」の調査報告書も踏まえながら、事件が発覚した当時のことを振り返ってみる。

契約者に支払われなかった共済金

二〇一八年にミクロネシア北西部にあるマリアナ諸島で発生した台風25号は、一〇月四日から五日にかけて大型で強い勢力を保ったまま南西諸島に接近した後、東シナ海を北上した。五日夜遅くから六日昼過ぎにかけて九州地方に最も近づき、長崎県も風速二五メートル／秒以上の暴風域に入った。

対馬市は厳原町において六日午前八時二八分時点で最大瞬間風速が三九・五メートル／秒を記録し、一〇月では史上最大値を更新した。

この台風の影響で、ある女性の自宅のエアコンが罹災した。彼女は、建物や家財が台風や地震、火災などに遭ったときに保障するＪＡの「建物更生共済《たてものこうせいきょうさい》」、通称「建更《たてこう》」に加入していたので、共済金を請求した。

ＪＡグループの関係者によると、ＪＡ共済連では通常、共済金の請求に関する書類を受理してからざっと二週間、遅くとも一カ月以内には契約者の口座に共済金を振り込むことになっている。ところが女性の場合、この年の暮れになっても、その口座には共済金が支払われていなかった。

それに気づいたのは、女性本人ではなく、上対馬支店の次長だった橘信明である。伝票に振込日の記載はあるのに、女性の口座には入金したという履歴がなかった。

橘からその報告を受けたのは、当時支店長だった米田《こめだ》昌隆。米田は、共済金の支払いでほかにもおかしな点がないか内密に調査をした。

すると明らかに適切ではないといえる支払いがほかにも見つかり、女性の分を含めて四件となった。共済金を契約者の口座に振り込むのではなくわざわざ現金で払い出したり、契約者ではない名義人の口座に振り込んだりしていたのだ。

とくに現金で払い出すことは、横領を誘発する危険があるため、通常、しかるべき理由がない限りあってはならない。

ＪＡ対馬はその処理をした職員を調べた。それが西山だった。

年が明けた二〇一九年一月一九日。米田支店長は、本店の常勤三役員である組合長の縫田和己《ぬいたかずみ》と専務の古藤《ことう》俊泰、常務の武末《たけすえ》文弘に加え、総務部長の井上正也、さらには上対馬支店の前支店長で金融部長の豊田脩二に一連の経緯を報告した。

これによって、ＪＡ対馬は不正の疑惑を正式に調べることになった。

「正式に」と記したのは、以前から内偵が始まっていたというＪＡ対馬の関係者の証言を得たからだ。橘が突如として問題を掘り起こせたのも、むしろその結果と捉えるのが自然ではないか。

八〇〇〇万円超を用意した西山の妻

ＪＡ対馬の本店がまず取り掛かったのは、伝票が不適切な処理をされた先ほどの四件について、その原因を調べることだった。

総務部長の井上と共済部長の西山雅之（以下、西山雅）は二月一四日、上対馬支店に出向き、西山から事情を聴取した。

その際、伝票が不適切に処理された四件について、西山からは「自然災害の請求が二〇〇件以上あり、件数が多いため、入力の際にミスがあったものと思われる。入力ミスについて調査し、是正に努める」と回答があった。井上・西山雅の両氏は、次回の事情聴取で説明するように求めた。

それから四日後の二月一八日、西山は実に不可解なことを積み重ねている。

まず、共済金を受け取るはずだった本来の契約者に、自ら用立てた金を振り込んだ。しかも振込先は、先ほどの四件だけにとどまらなかった。未払いになったままだと西山が勝手に判断した、ほかの契約者たちも含まれている。ＪＡ対馬の関係者によると、その人数は「数十人」だという。

そもそもＪＡ対馬が共済金を振り込むなら分かるが、なぜ西山が自らの金で振り込んだのだろうか。組織内の会計処理に混乱を招くことになるはずだ。

さらに驚くべきは、その金額と出所である。西山は、総額にして八三四九万円を振り込んでいた。いったいこれだけの金をどうやって工面したのだろうか。

加えてこの巨額の金を持参したのは、なんと妻はるみだった。彼女が十八銀行の対馬支店と美津島出張所の預金口座から引き出した金は、本来の受取人の貯金口座に振り込まれた。ＪＡ対馬の関係者によると、はるみから金を受け取った西山が振り込んだという。

これは後ほど分かったことだが、八三四九万円が顧客の口座に入金されたことが判明したのは、西山がＪＡ対馬に報告したからではない。ＪＡ対馬は、不適切に処理された疑いがある伝票は先ほどの四件以外にも把握しており、それらの口座の入出金の動きを日々把握するように網をかけていたのである。つまり、西山は組織には内緒で事態をもみ消そうとしたことになる。

懸案の四件について不可解な点はほかにもある。西山は、「誤って振り込んだ」と説明した口座から、その金を回収していなかった。彼は、なぜその処理をしなかったのか。

二回目の事情聴取は、前回から七日後の二月二一日に本店で再び行われた。担当したのは初回と同じく井上・西山雅の両氏である。西山は両氏に、〈お客様に共済金をお支払いして処理上のミスは解消した〉と語るにとどまった。

もちろん、この程度の説明で収まりがつくはずもない。両氏は、次に事情聴取をする二月二五日にこそ、確実に回答するよう求めた。

だが、その機会は永遠にやってこなかった。序章で述べたとおり、西山はこの日、運転していた車ごと櫛の海に転落し、溺死したからである。

西山の葬儀は美津島町雞知の斎場で執り行われた。

不正の疑惑が消えない中ではあったが、故人を弔うのは人の道である。それに、西山はＪＡにおいて、月並みな言葉では表現できないほどの多大なる功績を残してきた。ＪＡ対馬の役職員たちは、日本一のＬＡだった故人の過去の偉業を称えた。

〈西山のおかげで何年も職員の給料が出た〉

西山の妻はるみが長崎地方裁判所に提出した陳述書によると、ＪＡ対馬の縫田組合長は葬儀でこう話した。参列したＪＡ対馬の関係者からも、私は同様の証言を得た。

さらにＪＡ対馬は一〇〇万円近い香典を出している。

このほか参列者からの香典は実に六八〇件に及んだ。ＪＡ対馬の関係者によると、当時の職員数は嘱託と臨時を含めても八〇人程度だった。残りはＪＡ共済連をはじめとするＪＡグループの関連団体のほか、地元の企業、取引先の業者、それから組合員が主である。ＪＡ対馬の関係者は、「葬儀は対馬でも最大規模だったのではないか。一職員が亡くなって、関連団体や組合員からあれだけの香典が届けられることはない」と振り返る。西山が、仕事を通じていかに信頼や人望を得てきたかが窺える。

七億円近い不正流用が発覚

だが、事態が大きく変わるまでに、時間はかからなかった。

初七日が済んだばかりの三月五日、上対馬支店には西山が担当していた共済の契約者たち一

○人から問い合わせがあった。いわく、西山に通帳や印鑑などを預けていたり、共済の証書を受け取っていなかったりしている、というのだ。
第三者に通帳や印鑑などを預けておくとは、世間の感覚からすると、不用心極まりないと思われるかもしれない。ただ、ＪＡでは、ＪＡ対馬に限らず各地で公然の秘密のように横行していることである。とくに高齢の顧客は、足腰が不自由であったり、移動の手段を持たなかったりするため、ＪＡのＡＴＭや窓口には容易に行けない。だから、職員が通帳や印鑑などを預かっておくことで、顧客からの要求に従って、いつでも金を出し入れするなどの便宜を図れるようにしているのだ。

ＪＡの職員は、多かれ少なかれ顧客の「御用聞き」とも呼べるような役割を担っている。金融事業の担当者であれ経済事業の担当者であれ、彼らは顧客の自宅や農作業場を訪ねては、共済の商品や投資信託、機関紙誌の『日本農業新聞』や『家の光』などの営業をする。ＪＡは「総合農協」と呼ばれるだけに多様な事業を展開しているので、自分が担当する仕事以外の営業をすることもよくある。逆に、顧客から相談を受けることも頻繁だ。

そうしたなかで顧客と親密になり、職員が通帳や印鑑、キャッシュカードを預かっておくこともある。それは、確かに法律に触れる可能性がある。ただ、ＪＡの職員と顧客は地縁や血縁で浅からぬ関係にあることが多い。だから、職員も親しい顧客から頼まれれば、むげには断れない。

ところが、西山に限っては事情が異なっていた。顧客は自分たちから頼んで、西山に通帳や印鑑などを預けていたのではなかった。むしろ逆で、西山に請われて、それらを渡していたのだった。

顧客からの問い合わせが相次いだことで、ＪＡ対馬の内部は俄然慌ただしくなった。五日からすぐに、西山が担当した共済金の支払いの案件について一斉に調査を始めた。

すると、顧客に無断で共済金が請求されていたり、解約されたりしている事案がいくつもあった。その共済金や返戻金が、それこそ顧客から通帳を預かっていた「借用口座」や顧客に無断で作った「借名口座」に入金され、すぐさま出金されていた。

あるいは、掛け金の収納や共済金と返戻金の支払いといった取引の内容を入力し、それらのデータをＪＡ共済連に一括して送信する機能を持った「共済資金収納管理システム」を不正に操作して、共済金や返戻金を借名口座に入金していたのである。その合計額は六億九二二四万円に上った。

こうして、西山が共済事業を巡って他人の金を不正に流用していた事実がはっきりしたのである。

なお、この間、匿名の投書が三月九日付でＪＡ共済連長崎に、一〇日付でＪＡ対馬共済部に届いた。ＪＡ対馬の関係者によると、その投書には、内部の人間でないと知り得ないような不正の実態が事細かに記されていたという。

ＪＡ対馬は一二日、ＪＡにおける業務執行機関である理事会を緊急に開き、現状と今後の取り組みについて説明した。同日、ＪＡ長崎県中央会とＪＡ共済連長崎にも同様の内容を報告している。

彼らは、ここから連日のように関係機関と連絡や協議を重ね、二〇日には「ＪＡ対馬不祥事調査委員会」を設置した。六月一七日まで一〇回の会議を開き、前記の六億九二二四万円を被害額として認定するに至った。被害に遭った契約は七八五件だった。

ＪＡ対馬は六月二五日には、事件の実態のさらなる解明と発生した原因や問題点を追及するため、「ＪＡ対馬不祥事第三者委員会設置要領」を施行した。七月八日付で弁護士や公認会計士に委嘱し、「ＪＡ対馬不祥事第三者委員会」を設置している。

次々に湧く疑問

この間にＪＡ対馬は、西山と妻、その子ども三人の計五人が契約していたＪＡ共済の件数も調べている。序章で記したとおり、西山が亡くなる前年時点での件数は二〇〇件弱に及ぶことが分かった。

このうち直近の分について年度別にその内訳を見ると、二〇一六年度は四八件、一七年度は五四件、一八年度は三〇件となっている。西山は亡くなるまでの三年間に、異常とも呼べる件数の契約を結んでいたわけである。

西山は、いったいなぜこれほどの契約をしたのだろうか。しかもそれぞれの内容を見ていくと、同じ建物や自動車、自身を保障の対象にした契約がいくつもある。つまり、一見して不必要な契約が数多く含まれている。

その掛け金は年間で四〇〇〇万円を超えていた。このとんでもない無駄遣いのように思える数々の契約と、彼の不正との間には、何かつながりがあるのだろうか。

それに関連して、疑問を抱かざるを得ないことがもう一つある。それは、ＪＡ対馬にしろＪA共済連にしろ、西山が二〇〇件弱にも及ぶ契約をしたことを、なぜ見過ごしてきたのかということだ。これだけの件数の契約をしていたら、明らかに過剰な保障であるうえ、その掛け金も莫大になる。それは西山の年収を超えているのに、おかしいと思わなかったのだろうか。

借名口座にしても、西山がなぜ本人に無断で作れたのかが謎である。身分証明書は必要だろうし、信用事業を担当する職員の承認も必要なはずである。

はたまた西山は一連の口座に支払われた共済金や返戻金を出金していたというが、口座の名義人でないはずの彼が、なぜ窓口でそれができたのだろうか。担当の職員は、西山が他人の通帳からたびたび金を引き出そうとしたのであれば、怪しむのが普通ではないのか。

同時に疑問に思うのは、総額八三四九万円という共済金がずっと支払われないままでいた数十人にのぼるという本来の契約者たちについてである。ＪＡ対馬の関係者によると、この問題が発覚後に遅まきながら、彼らはもともともらうべきだった共済金を受け取っている。一人当たりの金額にして、多い人で数百万円、少ない人で数十万円だった。数十人という契約者がこれだけの大金をずっと支払われないままだったのであれば、せめて誰か一人くらいは事前に気づき、ＪＡ対馬に問い合わせをしているのがごくごく自然なことなのではないだろうか。

少し調べるだけで、とにかく疑問が次から次へと湧いてくる。知ろうとすればするほど、まるで頭のなかで電気コードが増え、複雑に絡み合っていくようだった。

一方で、はっきりしていることもあった。すべての電気コードがその根本にしているのは、一つのごく単純な問いであるということだ。すなわちそれは、この事件は一人の職員が単独で起こせるものだったのだろうか、ということである。

前組合長が証言した疑惑

この時点で私が書写できた範囲の裁判資料には、この疑惑を晴らす答えは見つからなかった。そこで翌日からは、とにかく多くのＪＡ対馬の関係者に当たることにした。

まずは、おそらく誰よりもそれを知っていなければならない人物の自宅に向かった。前組合長の桐谷安博である。

桐谷がなぜ誰よりも知っていなければならないかといえば、ＪＡ対馬が損害の総額として発表した二二億一九〇〇万円は二〇一〇年度から二〇一八年度の分であり、これは彼の任期（二〇〇九年六月～二〇一八年六月）とほぼ重なるからだ。

桐谷の家は厳原町にある。辺りには田んぼが広がり、大きな板石で屋根を葺《ふ》く「石屋根倉庫」があちこちに見られる。県の有形文化財に指定されているこの高床式の倉庫「小屋《こや》」は、食料や衣類など日常に必要な品々を収納するためのものである。江戸中期以降に建てられ始めた当時、庶民は瓦を使うことが許されていなかった。また延焼を防ぐ目的で、板石を用いたという。

そんな歴史ある景観を背にして立つ桐谷家の呼び出し音を鳴らすと、恰幅のいい、にこやかな表情を浮かべた「大黒さん」を思わせるような人物が現れた。桐谷はＪＡの前組合長らしく、話し好きで社交的な人物だった。

西山の事件を取材していることを伝えると、「おう、どんどん調べてくれ」と威勢のいい声が返ってきた。その言葉に甘えて、私はさっそく遠慮のない質問をすることにした。

まずは在職時に西山の不正に気づかなかったのかどうかを率直に尋ねたところ、「ああ、気づかんかった。西山も色々と計算してやっとるけんな」と言う。

第五章で紹介するように、実は二〇〇八年にも一度、西山が同様の不正をしているという疑惑が持ち上がっていた。それは、桐谷の前任の吉野栄二が組合長だった時代である。

桐谷は当時ＪＡ対馬の職員だったので、何か知らされていたのではないか。そのことを質問してみると、「いや、何も。組合長になる時だって、吉野さんからは引き継ぎもしてもらえんかったけんな。だけん、俺は分からんもんで」と、これまた否定した。

その後も角度を変えてあれこれ聞いてはみたものの、予想通り、自らに責任があることだけは一切認めなかった。

その代わりと言うべきなのか、こちらがドキリとするような際どいことを口にした。

「上対馬支店の連中がぐるになっとったんじゃねえかと。本当は、それが一番言いたいとよ」

桐谷はさらにこう続けて、またもや私を驚かすのだった。

「台風の被害に遭った全職員の口座を調べろと、そのうち言うてやろうと思うって。だけん、西山の恩恵を受けよったやつもおるっちゃなかろうかと。そしたら組織ぐるみになるけん。だけん、俺は徹底的にやってやろうと思ってね」

最後の発言は、彼自身が「任務懈怠《けたい》責任」などがあるとして、JA対馬から損害賠償を求められていることと関係している。

桐谷のもとにJA対馬から送られてきたという和解書を見せてもらうと、賠償金額は一九二五万六〇〇〇円と明記されていた。ただ、もともとはざっと三〇〇〇万円だったそうで、これでも減額されたという。

もちろん桐谷には支払うつもりはない。いわく「徹底的にやってやろう」というのは、古巣が損害賠償の請求を取り下げないなら、こちらも組織的な責任を追及することで徹底抗戦すると言いたいわけである。その結果、桐谷自身にも火の粉が降りかかってくることは承知のうえだ。ちなみに、桐谷は若いころに労働組合の委員長を経験している。

そのうちに桐谷の批判の矛先は、西山の不正を見抜けなかったJA対馬の監査部門やJA共済連にも及んでいった。あくまでも自分の非だけは認めたくないようだった。

それにしても、桐谷の「上対馬支店の連中がぐるになっていた」「台風の被害に遭った全職員の口座を調べろ」という内容の発言は、何を意味しているのだろうか。話し好きの彼ではあったが、この点についてはそれ以上語ることはなかった。

両親の証言

私は西山の実家も訪ねた。

場所は美津島町の山間《やまあい》である。小さな畑が短冊状に並んでいて、その奥に家々が連なっている。どの家も、桐谷家の付近で見たのと同じ小屋を設けていた。

到着したのは夕方。野良着姿をした両親の敏徳と梅子は、ちょうど農作業を終えたところのようだった。

玄関前にある納屋のそばで突然の訪問を詫び、来意を告げた。敏徳は農作業の後片付けがあるようで、主に梅子が取材に応じてくれた。

後に西山の姿を写真でいろいろと確かめる機会を得たとき、線が細かったり、目鼻立ちがはっきりしているところは母親似だと思った。

私はまず、ここまでの取材で最も疑問に思ったことを率直に伝えた。すなわち、不正は西山が一人で働いたことであるとは、おいそれとは納得できないということである。すると、梅子もずっと同じ疑問を抱いてきたことが分かった。

「農協は息子だけが悪いち言いよるけど、そういうことは私たちは受け入れられないから。農協に何度も呼び出されましたけど、そのたびに一人でできたはずはないって訴えています。でも、聞き入れてくれんけん……」

彼女がこう主張するのは、西山から事件のことを何か聞かされていたからではなかった。「あん子が亡くなった後に、農協のある方から色々と聞いたんです。一緒に不正をしたのが何人かおった、とかね。義治本人は、仕事については一切話してくれんかったけん」

「農協のある方」が誰なのか気になったものの、彼女は突如押しかけてきた私を警戒してか、その名前を明かさなかった。

息子が日本一の営業マンなので、梅子自身が周囲から褒められることもあった。それを誇らしく感じる反面、おかしいと思うこともあったという。「確かに、こんな小さな島で日本一になることは絶対にない。何かが、なければ……ね」

彼女はそうつぶやくと、ハンカチでそっと目頭をぬぐった。「久しぶりに、あれこれと話したもんだから」。そして、「私も息子のあとをついていこうごとあった」とこぼした。

つらい記憶を呼び覚まさせてしまっていることに申し訳ない気持ちや罪悪感にかられたものの、ここで踵《きびす》を返すわけにはいかなかった。梅子も西山一人に罪をかぶせられていることに疑いを持ち、それを訴えたいと話している以上、知っていることをできる限り教えてもらわなければならない。

少し話題を変えた。尋ねたのは、西山の人柄や人間関係についてである。

梅子によると、西山はこの家で五人兄弟の長男として生まれた。とにかく優しかったという。たとえば西山は、たびたび、全国のＪＡから講演で呼ばれたり、家族や仲間と旅行したりしていた。その都度二人に土産を買ってきてくれた。

「とらやの羊羹《ようかん》がとくに多かったですね。私が旅行したときにそこでも売っていて、値段を初めて見て驚きました。こんな高級なものを買ってきてくれとったのかと。あん子は、とにかくあちこちの美味《おい》しいものを食べさせてくれましたよ」

あるいはこんな思い出も語ってくれた。同居していた義母はよく、梅子に辛く当たった。そのことが嫌だった西山は、中学生になると、「おかんのことを悪く言うな」と祖母を諫《いさ》めるようになったという。

西山は、母親思いであるとともに、兄弟、なかでも一番下の妹を大事にした。その妹は看護学校を途中で退学して、奨学金を全額返済しなくてはいけなくなった。その返済の肩代わりをしたのが西山だった。

「一番下の娘は、義治に性格がよく似てたから、かわいがったんじゃないでしょうか。でも、ほかの三人にはとにかく厳しかったですよ」

梅子はそう言って、可笑《おか》しそうに微笑んだ。

両親が与り知らぬ裁判

無遠慮を承知で、西山の妻はるみと遺児三人がＪＡとの間で係争中の裁判についても尋ねた。というのも、裁判の発端に違和感を抱いていたからである。

今回の取材で初めて対馬に渡る直前、長崎地方裁判所に立ち寄っていたことはすでに述べた。西山の遺族とＪＡ対馬が争っている裁判記録に目を通すためである。

裁判所は、長崎一の繁華街である浜町《はままち》のすぐ近くに立地している。目的の民事訴訟担当の部屋は、その三階にあった。

一〇人ほどが机を並べている部屋の入口付近の片隅には、白色の長机が置かれている。それからおおむね季節が変わるくらいの間隔で訪ねるたびに、私にとってそこが一日の大半を過ごす場所となった。

初訪問のこの時、担当の職員が持ってきてくれた裁判記録の資料は、長机の片隅にうずたかく積み上がり、西山の遺族とＪＡの裁判が収束に向かっていないことが見て取れた。

まずは最も古い訴状を読み始めて、すぐに驚かされた。この裁判を起こしたのが、ＪＡ対馬ではなく、はるみだったからである。てっきりＪＡ対馬が西山に横領された金を取り戻すために裁判を起こしたのだと、思っていたのだ。

西山の遺族が裁判を起こした発端は、ＪＡが不正の発覚後に、西山とその家族が名義人となっているＪＡバンクの普通貯金口座を凍結したことにある。このため、はるみは、自身が名義人となっている口座の貯金の返還を求めて、二〇一九年五月二一日にＪＡ対馬を訴えていたのだった。

ＪＡ対馬は、これに次のような反論をしている。すなわち、西山は共済金や解約金を不正に流用し、それらを自分や自分の管理する妻名義の借名口座と借用口座に入金してきた。その総額は二〇一二年九月一九日から二〇一九年一月二二日までで合計で約一億八〇〇〇万円に及んでいた。これにより、はるみが返還を求めた金を相殺できると抗弁したのである。

さらにＪＡ対馬は、はるみも西山の不正に関わっていた可能性を指摘している。つまり、西山家はその給与所得を明らかに超える貯金資産を形成していた。私が取材した限りでは、家族のなかで貯金額が最も大きいのは、はるみだった。

おまけに西山とはるみは不正が発覚する直前に、資産価値が上がりそうな美津島町雞知の土地や建物を購入し、一六件の不動産について名義人をはるみにしていた。

これらの理由から、はるみは西山の不正を認識していただけでなく、彼が騙し取ってきた金を自分名義の口座に貯蓄することに協力してきたと、ＪＡ対馬は主張している。

続く訴状では、はるみを法定代理人にしてその三人の子どもが原告となり、ＪＡ対馬を相手取って、同じく凍結された三人の口座にある貯金の払い戻しを請求していた。

これに、ＪＡ対馬は次のように反論している。すなわち、子ども三人は西山の被扶養者だった。それゆえ、口座にある貯金は彼らが形成した資産ではない。それらの口座は、西山が横領した資産の隠蔽に利用されたに過ぎないと捉えるのが妥当である、と。

では、実の両親はこの裁判にどのように関わっているのだろうか。

ところが、予想に反して、彼らはその経緯や内容については何も知らないという。梅子が言うには、「向こうからは、裁判の関係で何か知りたいことがあったら電話がかかってくるけど、それ以外ではあまり音沙汰がない」とのことだった。

一仕事を終えたのか、この少し前から傍らで会話を聞いていた敏徳が、この時に初めて口を開いた。

「はるみの家が、こっちに情報をくれんし、何も話してこんけん。そやけん、向こうがやりようことは、こっちの意思とずれとる」

敏徳と梅子は、事件に関わることはいい加減に終えてしまいたく、そのため裁判についても快く思っていないようだった。

ＪＡ対馬が西山に横領された金を取り戻すというなら話は分かるが、その逆というのは道理に合わないような気がする。敏徳が「こっちの意思とずれとる」というのは、このことを指しているのだろうか。

敏徳は元ＪＡの職員である。それに二人とも農業を生業《なりわい》の一つとし、ＪＡに農産物を出荷する農家でもある。だからＪＡとは事を荒立てたくないというのが本音のはずだ。

そのために梅子は、西山が就職する際に身元保証人になっていたことから、息子がもたらした損害の賠償金の一部を、ＪＡから言われるがままに甘んじて支払っている。その金額は毎月七万円とのこと。賠償期間は向こう一〇年間で、総額にして八四〇万円になるという。

「年金生活だから苦しいし、払ってしまったら、息子が悪かったことを認めるようで嫌ですよ。でも、事件に関わることは、もう終わりにしたかったけんね」

後にＪＡ対馬にこの件について事実を確認する文書を送ったものの、〈個人情報に該当するため回答は差し控えさせていただきます〉という返事だった。

さて、義理の両親の気持ちを知ってか知らずか、はるみはもう五年を超えてＪＡとの裁判を続けている。

これに関して、私には一つ疑問に思っていることがある。それは、この裁判を起こしたのは、果たしてはるみ本人の意思なのだろうか、ということだ。このことは、私が初めてはるみに会ったときの違和感と関連している。

実は西山の両親に会う前に、私は彼女の自宅を訪ねていた。場所は、岬の高台を幾層にもならしてできた新興住宅街だ。

あいにくはるみは自宅にはいなかった。そこで、その一つ下の段にある彼女の実家に向かった。両親の稲谷明伯と章子が住む家だ。

呼び出し音を鳴らすと、はるみ本人が出てきた。

意外だったのは、まずその素朴な外見である。黒髪のおかっぱ頭で、ほっそりした身体に、ごくありふれた服を着ている。西山がプロ野球選手並みの年収をもらっていて金遣いも荒かったと聞いていたので、てっきりブランド物ばかりを身にまとっているのかと安易な想像を巡らせていたのだ。

しかも性格はおとなしく内気な感じで、金にがつがつしているような印象はない。端から見る限り正当性も勝ち目もないように思える裁判を起こし、JA対馬やJA共済連と渡り合うようにはまるで見受けられないのだった。

私は、まずは突然の訪問を詫びるとともに来意を告げた。すると、はるみは、「なんでいまさら調べてるんですか」と怪訝《けげん》そうな顔をした。

そうこうするうちに、奥から大柄の男性が出てきて、眼鏡の奥からこちらをにらみつけるなり、「なんや？　おう、なんか？」と威嚇してきた。はるみの父明伯だった。

私は再び来意を伝えた。すると明伯は意外なほどあっさりと胸襟を開いたように色々と話してくれた。西山が亡くなった当初、ＪＡは、縫田組合長が西山のおかげで職員の給料が賄えていたと語っていたこと、労働者災害補償保険が適用されると約束してくれていたこと、不正が明白になった途端に手のひらを返すような態度になったことなどである。

はるみは、夫の不正についても自分たちの共済の過剰な契約についても知らなかったという。ただし、日本一だという西山の営業実績については、夫の生前から腑に落ちない気持ちを抱えていたようだ。というのも長崎地方裁判所で筆写したはるみの陳述書によると、対馬で日本一になるなど不正に手を染めなければできないと周囲で陰口をたたかれたそうで、西山に〈日本一にならんでもいいんじゃない。悪いことをしていると思われるみたいよ〉と諭したそうである。西山は妻が不審に思っていることに対して、〈人のお金を取るわけない〉〈人のお金を取るなんて考えたこともない〉などと、きっぱり否定したという内容が記されている。

共済の過剰な契約については、夫が亡くなった後に初めて知り、驚いたという。同時に、それだけの数の契約を許してきたＪＡ共済連にも疑問を抱いたようである。「保険会社だと収入に見合う限度があるじゃないですか。それがこんなにかけられていたなんて……。なにしろすごい掛け金でしたから」

一通り話を聞かせてくれた後で明伯は、「こんなことがあって、外に出ていかれんごとなってね」「裁判が長くなって、しんどい」などとこぼした。はるみも「この事件は対馬ではすごい噂になっているんです」と漏らすなど、二人は心身ともに参っているようだった。

明伯は「うちの家内に話を聞いてもろうたらいい。車椅子やばってん、しゃんとしとるけん」と言う。ありがたい申し出だった。かつて第一生命のトップセールスレディだったという章子には、私としてもぜひ会いたかった。

私は「また来ます」と告げ、実際にその二日後に稲谷家を再訪した。

この時も玄関に出てきたのは、はるみだった。やがて、奥の暗がりから車椅子に乗った女性が現れた。その瞬間、はるみは私との会話をぴたりとやめた。同時に、こちらにも伝わるほどの緊張が走った。章子は、ひどく張り詰めた雰囲気と相手を威圧するような迫力をまとった女性だった。

彼女ははるみからこちらの来意を聞くと、「農協の言い分だけがメディアに出ている」「(西山が)一人ですべての不正をしたと言われるけど、そんなことはないと思いますよ」などと、やや甲高い声で主張した。ただ、それ以外については、あれこれ尋ねたものの、「弁護士の先生に聞いてください」と言うばかりだった。

別れ際にはるみは、「何度も来ていただいたのに、すみません。後は先生に聞いてもらえれば」と申し訳なさそうに頭をさげた。

私は二カ月後にも対馬を訪れ、再び稲谷家に寄った。最初は明伯が相手をしてくれていた。やがて奥から章子が登場すると、明伯もまたぴたりと会話をやめてしまった。それで家族の序列が分かるような気がした。

ＪＡ対馬は当初、西山が自ら入っていた数々の共済で五億円を超える共済金が支払われることが見込まれたため、それでＪＡ対馬の損害分を相殺する提案を西山の遺族にしていた。はるみもそれを了承していたという。

しかしのちに、はるみが突如として裁判を起こし、泥沼化していく。彼女の翻意の裏に何があったのだろうか。

「タゴウ」とは誰か

話を西山の実家に戻したい。

梅子に西山を取り巻く人々について話を聞いていたとき、彼女はふと思い出したように、息子がとくに仲良くしていたという二人の職員を教えてくれた。

「いま、農協の総務部長をしているナガオさんね。息子とよく一緒におりましたよ。それと、タゴウくんも。息子は生前、『俺に何かあったときには、タゴウにぜんぶ話しとるけん』と、お嫁さんに言うとったらしいけどね。でも、息子の死後にお嫁さんに尋ねても、『自分はなんも聞いてない』って言うんです。タゴウくんは最近農協を辞めた、と聞いています」

ナガオとは永尾好史である。この直後にＪＡ対馬の本店を取材で訪れた際、対応してくれた一人が彼だった。交換した名刺には、総務部の部長ではなく、総務部審査役と対馬支店長を兼務していると記されていた。

同席したのは、ＪＡ長崎県中央会と農林中央金庫からそれぞれ出向している参事の内田清秀と経営対策部長の岡井英輔である。ともに、自浄能力を失ったＪＡ対馬を立て直すために来ている。

永尾はすらりとして上背があったが、三人並んだテーブル席では、背中を丸めて両脇の二人よりも縮こまり、ずっとうつむいたままで、最後まで一言も発することはなかった。

もう一人の「タゴウ」とは誰か。いまはどこにいるのだろうか。梅子には分からないようだった。

それにしても、西山が生前口にしていたという「俺に何かあったときには、タゴウにぜんぶ話しとるけん」とは、聞き捨てならない言葉である。まるで西山は、自らが死ぬことを覚悟していたかのようだ。彼は死の直前、タゴウに何かを伝えていたのだろうか。そうだとすれば、それはどんな内容だったのだろうか。

私は、敏徳と梅子に厚くお礼を述べるとともに、これからたびたび話を聞かせてもらいたいと頼んで、その場を辞することにした。

別れ際に敏徳は「息子一人に着せられた汚名をそそいでほしい」と訴えた。梅子もまた、「不正をしたのは、息子一人だけのはずはありませんから。どうぞいいように調べてみてください」と、懇願するように伝えてきた。

梅子には、その後もたびたび話を聞く機会をもらった。そのたびに彼女は、必ずといっていいほど同様の言葉を私にかけてきた。裁判についてはうんざりしているものの、息子のために真実を明らかにしたいというのは、親としては当然の気持ちだろう。

私は背中を押されたつもりで、取材を進めることにした。

第二章　私欲

義母の顧客名簿を受け継ぐ

ＪＡ共済連の広報誌『ＬＡ　Ｎｅｗｓ』や裁判資料によると、西山がＪＡ対馬に就職したのは一九九七年四月である。ただ、ＪＡ対馬の関係者の証言によれば、西山が実際にＪＡ対馬で働き始めたのは一九九六年一月で、一年三カ月の試用期間があった。当初は農業関連資材や生活物資を扱う「購買事業」を担当していたが、すでに共済の営業でも実績を挙げ始めていた。そして正式に採用された年にＬＡになったという。

西山は、ＬＡになってからほどなくして、並外れた実績を挙げるようになった。そのため『ＬＡ　Ｎｅｗｓ』では、二〇〇二年九月号で大々的に彼の特集を組んでいる。

白黒刷りのその誌面を手にして、まず表紙で目を引くのが、目をキラキラと輝かせている二〇代後半の西山が歯を見せて微笑んでいる写真である。なんとも爽やかだ。整えられた眉と二重のきれいなつり目も印象的である。

西山は若いころから美男子で通っていた。母梅子によれば、「農協に入る前なんか、ジャニーズ事務所に入れようって親戚で話題になるくらいだった」という。西山を幼少のころより知る実家近くの住民も私の取材に、「義治はハンサムよ。俳優の西郷輝彦《さいごうてるひこ》に似とったね。黒くてきれいな目をしとったよ」と話していた。

そんな証言に頷《うなず》ける表紙を一枚めくると、上対馬町などの情勢についてこう書いてある。

〈人口は約5千3百人、世帯数は2千程度。高齢化も27％を超える町です（中略）さらに、対馬全体でもかつては7万だった人口が4万2千を割るなど、過疎化の問題も深刻です〉

〈全国的にトップクラスの実績を挙げています。対馬のどこにそんな市場があるのでしょうか？　どうしてそこまで頑張れるのでしょうか？〉

最後の二つの問いかけは、いまとなってはなんとも皮肉な暗示のように読み取れてしまう。

それにしても、この記事を書いた人が驚くのも無理はない。同誌には、二〇〇一年度における西山の〈推進活動実績〉として、〈目標〉という名のノルマと実績が記されている。ノルマは、長期共済が保障額にして八億円、年金共済が年金額にして五〇万円である。ところが西山の実績はそれぞれ八〇億七〇〇〇万円、三五四四万円に及んだ。前者はノルマの一〇倍、後者は七〇倍にもなる。

全国のＪＡでは、ノルマを達成することすら難しいと感じている職員がほとんどである。西山の実績は、そもそもの人口が少ないという営業上厳しい環境にあることも踏まえれば、尋常ではない数字だ。

ＪＡ対馬の関係者への取材を進めていくと、西山がこれだけの実績を挙げ続けてこられたのには、二つの取っ掛かりがあったということがわかってきた。

一つは、義母の稲谷章子の顧客の多くを受け継いだことである。章子がかつて、第一生命のトップセールスレディだったことはすでに述べた。

その勤務地は西山と同じ上対馬町である。互いの勤務する支店は歩いて一、二分の距離に過ぎない。

裁判資料によると、西山が章子の娘はるみと結婚したのは、ＪＡに正式に入った一九九七年。結婚して初めて、義母が第一生命に勤めていることを知ったという。

当時、章子は年間一二〇億円の新規契約を取るバリバリのトップセールスレディだったそうだ。所属する組織が違うので単純には比較できないかもしれないが、事実とすれば、章子は西山と同等か、あるいはそれ以上の実力者だったといえる。

それだけに章子もまた稼ぎが半端ではなかった。比田勝に住んでいる女性が証言する。「相当稼いでいるって有名だったね。昼ご飯ともなると、よくこの辺りの寿司屋で食べてましたから」

『ＬＡ　Ｎｅｗｓ』によれば、当時の上対馬町の人口は約五三〇〇人に過ぎない。それだけに、この小さな市場を巡って西山と義母は仕事ではライバル同士だった。

西山は、インタビューで次のように打ち明けている。

〈その頃はまさに〝第一生命対ＪＡ共済〟の構図で、親族を巻き込んでトラブルも起きました。娘は返してくれ、と言われたこともあります〉

しかし、章子はじきに退職し、その顧客の名簿をあっさりと西山に譲った。西山がそう告白したインタビュー記事が裁判資料に残っている。おまけに、上対馬町で西山によってＪＡ共済に入った契約者を訪ねると、もとは章子の顧客だったという人にたびたび出会った。そして彼らは、章子に仲介され、西山を通じてＪＡ共済に契約を切り替えたと語っていた。

ただ、いったん解約して別の会社と契約をするとなると、一般的には損をすることになる。予定利率がずっと下がってきたからだ。

保険各社の利率は、金融庁が発表する「標準利率」を参考にしている。その「標準利率」は一九九〇年代前半は五％台だったが、現在は〇％台にまで落ち込んだ。

ＪＡ共済の予定利率は一九九〇年代に八％台だったものが、二〇二一年末時点では〇・五％から〇・八％となっている。このため保障額を同じにして切り替えると、損をするだけである。

現状の保障内容に満足しているなら、他社への乗り換えはすべきことではない。

このことについて章子の元顧客に尋ねたものの、みな一様に「お願いされたから」「付き合いだから」などと言うばかりだった。


章子の名簿を譲り受けた西山は、ＪＡ共済の勢力図を急速に広げていった。

『ＬＡ　Ｎｅｗｓ』でまたもや西山の特集が組まれた二〇〇七年九月号には、そのインタビュー記事を補足する説明として、〈かつて、管内には他社の支店がありましたが、ＪＡ共済が強くなり撤退した経緯があります。もちろん郵便局はあります〉という文章が載っている。

西山が自らの力によって第一生命を撤退させたと吹聴していたという証言は複数人から得ている。この記事にある「他社の支店」とは、第一生命の支店で間違いないだろう。

ただし、そうであれば、これは事実とは異なる。上対馬町には、いまも第一生命の営業所があるからだ。

ここで思い出すのは、西山には虚言癖があったという数々の証言である。少し言い方を変えれば、物事を大げさに語って自らを大きく見せようとするところがあったという。

たとえば西山は生前、周囲に「次はかんぽ（かんぽ生命保険）の顧客を取りに行く」と息まいていた。これもまた、同じ理屈で解釈すればいいことだろう。

あるいは、西山は周囲の人たちに、元プロ野球選手の清原和博《きよはらかずひろ》や日本テレビの元アナウンサーの徳光和夫《とくみつかずお》らから共済の契約を取ってきたと、吹聴していた。ＪＡ共済連が主催するイベントに呼ばれた際、彼らも講演で来ていたので、臆することなく営業したそうだ。

そんな話が出るたびに、周囲は「やはり、こいつはただもんじゃない」と思った。ただ、おそらくはこれも虚言癖の類なのではないか。念のため、西山が両氏から契約を取ったかどうかをＪＡ対馬に確認したものの、〈個別の取引については、お答えすることができません〉という返事だった。

この点に関してもう一つ付け加えたいのは、西山は嘘をついたり過ちを犯したりしても、悪びれもせずに堂々としていた、という証言がいくつもあることだ。ＪＡ対馬の関係者は私の取材に、「あれはまったく顔に出ないからね。西山という人間のことでもっとも印象に残っているのは、そのこと」と語った。

こうした性質が、長年にわたる巨大な犯罪を生み出すことに役立ったのだろうか。

経営者に取り入る

話を戻そう。

西山が桁外れの顧客数を獲得するうえでもう一つの取っ掛かりとしたのは、対馬の企業だった。

飲食業者や観光業者、漁業者、建設業者、自動車関連業者……。西山は、こうした企業への営業に力を入れていった。

理由ははっきりしている。企業やその経営者を顧客にすれば、契約件数を芋づる式に増やせる可能性が生まれるからである。企業が所有している数々の不動産や自動車だけではない。役員や社員、その親戚も潜在的な顧客である。

西山はどういうわけだか、企業の経営者たちに気に入られていた。遅くともJAに就職して五年後の二〇〇二年には、そんな人心掌握術を使いこなしている。

そのことを確認できるインタビュー記事が、先ほど取り上げた『LA News』二〇〇二年九月号に載っていた。西山は、顧客である会社の経営者のところで、保険事業で競合する他社の社員と鉢合わせた。そこから、次のように話が展開していった。

――それでは共済の話はどこから切り出すのですか?

「そうやって訪問している会社のひとつで自動車事故があったんです。丁度事故処理の方が処理を終えた時に私も居合わせたのですが、「今回（1台の）事故があったので継続時には全部

（残りの15台も）掛金があがります」と言って帰っていかれたんです。

それを聞いた社長に「ＪＡでもそうなのかい？」と聞かれて「いいえ、１台分だけです」と答えたのが突破口でした。きっちり見積書を作って「これは安い！」ということになって、会社の車両は全部契約していただきました。ＪＡ共済は安いというイメージがあるうちにすかさず生命系の共済をおすすめしました」

——チャンスは必ずやってくる。毎日訪問を開始してからどのくらいの期間でしたか？

「半年以上かかっています。それまでは空振りの日々でしたけれど、社長宅の生命系共済、建更、従業員の契約と広がっていきました。従業員の方には社長の計らいで説明会をさせていただいて、６名全員の契約を一度にいただきました。社長自ら「ＪＡは入院保障がいい、掛金が安い、おまけに担当者はケツが軽い（から何かあったらすぐに来てくれる）」と宣伝してくれているので最低限の説明だけで十分でした」

——一気に来ましたね。

「この頃の活動がもとで今では11社に継続訪問、取引させていただいています。

一気に来たといえばある時、「今からすぐ来い」とお客さまから連絡があって、なんとかやりくりして行ったところ、紹介されたのは一家で30件以上の保障を準備され、毎月２百万以上の掛金を投じている方でした。全てを点検、見直し、再編成をして提案させていただきまして、今では重要なお得意様です」

この記事にもまた、西山の虚言癖が出ているように見受けられた。なぜなら西山の発言に反して、ＪＡ共済の商品は安くはない。むしろ、高い。総じて積立部分が多いので、その分だけ掛け金が高くなりがちである。これはＪＡグループの関係者たちが言うところだ。

最近でこそほかの保険会社が割安感のある商品を市場に次々に投入してくるために、ＪＡ共済連も積立部分を減らして安い商品を開発しているものの、それでも相対的に高い。この記事が出た当時であれば、なおさらである。

そうなると、ここに登場する社長が「生命系共済」に加えて「建更」を契約しただけでなく、従業員向けの説明会まで開いた理由がなくなってしまう。この社長が宣伝したという〈担当者はケツが軽い〉ことは、営業職として大事な才能だろう。ただ、それだけでは契約をする決め手にはならないはずである。

いずれにせよ西山は、地元の企業の経営者に取り入っていった。対馬での取材を進めるうちに、西山と彼らとの関係はだんだんと仕事の範疇《はんちゅう》を超えるまでになっていったという声を聞くようになった。たとえば、西山を古くから知る女性は、次のような話を教えてくれた。

「あん子は、金持ちがとにかく好きだった。いいお客さんだからね。中でも一番のお得意先は、上対馬で力があると言われている漁業者。なにしろ、こん辺りでは一番のお金持ちだから。その漁業者と二人でよう呑みよったみたいだけど、場所は対馬じゃないよ。わざわざ福岡に行きよったみたい。こん近所の寿司屋が博多にも店を出したっていうんで、二人でわざわざ飛行機に乗って、そこまで呑みに行ってた。そういえば、西山はその会社の経理まで請け負ってるって話してた。ほんとかどうかは知らんけど、それくらい昵懇《じっこん》の仲だったっちゅうことよ」

西山が亡くなってから、その漁業者は福岡に居を移した。ただ、対馬に時々帰ってくるという。

私が漁業者に電話をして、西山との関係について尋ねたところ、「死んだ人のことは悪く言いたくはない」「いまさら話すことはない」と怒ったように言うだけで、すぐに電話を切られてしまった。

そうした経営者とのつながりの中で、西山はJAに勤めるようになったかなり早い時期から、政治的な活動にも精を出していた。長いこと支持したのは、合併前の旧上対馬町時代を含めて地元で議員を五期務めたという島居邦嗣《しまいくにつぐ》。町議時代には議長を務めた有力者で、選挙になると、西山は家族ぐるみで彼を応援した。

「私が遊説するときには、西山君が『昼はうちの実家に寄ってくれませんか』って言ってくれて。行けば、ごはんやらなんやらを用意してくれてね。選挙ん時には、札《ふだ》（筆者注・票）もまとめてくれよった」

では、西山が彼を応援する意図はどこにあったのか。島居の理解は、ずばり自身の人脈だ。島居は私の取材に、「俺はつながりが広いけぇ。建設業者はじめ、どんな業者だって紹介してやったしね。白分も西山君の仲介で共済に入っとったよ」と語った。

こうして西山が獲得していった顧客は、それぞれがまた深い関係にあった。たとえば、ある経営者の息子と別の経営者の娘が婚姻関係にあるとか、ある経営者の娘と別の経営者が恋仲にあるとか、である。

西山はある時から、そうした対馬の経済界の中枢にいる人たちとの濃密なつながりの中に自らを投じ、上手に立ち回っていった。先ほどの女性が語る。

「西山が変わったんは、そうした経営者とか政治家とかと付き合うようになってから。彼らと対等に付き合おうとしたせいで、生活水準をどんどん上げていきよった」

物欲と偏食

確かに西山はある時から、ブランド服や高級腕時計で身を固めるようになっていった。

たとえば服であれば、イタリアのブランド「DIESEL《ディーゼル》」でそろえていたという証言がある。

先ほどの女性によれば、「スラックスからシャツ、ジャージに至るまでオールディーゼル。買い出し先は福岡のデパートの岩田屋だったみたい」と語る。亡くなったときに着用していた上下黒色のジャージもそのブランドのものだそうだ。

服にしても時計にしても相当な数を買い漁っており、それは異常な収集癖と言っていいほどのものだったという。証言者は多い。

その一人は、上対馬町で漁業や土木業、観光業などを手掛ける株式会社ヤマダの社長山田幸弘。西山がJAに勤め始めたころからの顧客であり、その義理の両親とはそれ以前からの付き合いだという。

会社の事務員から居場所を聞いて訪ねた先は、近くにある土木工事の現場。山田はショベルカーに乗り、崖の中腹で作業していた。

「現場が好きなもんでね」。そう言ってのそっと降りてきた山田は、見上げるような上背で、元格闘家といえそうなくらい四肢ががっしりしている男だった。それに反して、顔つきもしゃべり方も、コミックバンド「ハナ肇《はじめ》とクレイジーキャッツ」のリーダーでコメディアンであり俳優でもあったハナ肇によく似ていて、どこか愛嬌があった。

じつは山田の姿は、この前日の晩に思わぬところで見かけていた。私が滞在していた宿のそばにある日帰りの温泉施設である。男の子を二人連れてきていた彼は、自分だけでなく二人の男の子の身体と髪を洗い終えると、彼らを遊ぶがままにさせ、しばらくは一人で大きな湯船に浸かっていた。

そのうちに桶で湯船の湯を汲み、自らの頭にドバッと何度もかけた。直後には二人の男の子を大声で呼びつけ、彼らの頭にも同じことをした。洗い場の蛇口から出る湯ではなく、湯船の湯を使うことが意外だったので、私はその豪快な感じがする人の顔を覚えていたのだった。


――西山さんは時計が好きだったとか。

「そうそう、よく買ってたね。俺も腕時計が好きでね。といっても、俺の場合は酒を呑んだら、人にやるくせがあるから、数は持ってないんだけど。西山はそうじゃないから、何十本と持ってたんじゃないかな。俺は実物を見れば、いい品か悪い品かはだいたい分かる。西山が持ってたんは、やしい（安い）のでも、五〇万円とか六〇万円とかはするんじゃないかな」

――実物を見ましたか？

「おお、そりゃしょっちゅうして、見せびらかしとったもん」

――どんな時計を持っていたんでしょう。ロレックスとか？

「ロレックスもあったけど、変わったやつが多かった。どれも高級だったよ。西山は、腕時計の収納ケースにしてもいいもんを持ってた。ある時なんか、腕時計が一〇本入るのをあれからもらったからね。お前はなくなってしまうけどいいのかって聞いたら、『僕は二〇本以上入るケースを買うんで、いいんです』って。その後に、全自動回しのやつもおさがりでもらった」

――なんで、そんなに収集していたんでしょうか？

「それに関しては、俺も一度聞いたことがある。西山は『何年もすれば、倍の価格になっているんですよ』って言ってたな」

――つまり、目的は投資だったんですか？

「そう、そういう投資が好きなやつだった。フィギュアもたくさん集めていて、プレハブ小屋に入れとったよ」

――実際に見たことがあるんですか？

「いや、それは見てない。けど、ほかの農協職員が、西山がフィギュアを農協に送らせてくるっち言ってたよ。貯金してもたいして金利がつかないけど、フィギュアはいいものを買っておけば、いずれ何倍にもなるじゃないですか？

それとか、ウイスキーのボトルをね、たくさん買ってたよ。百何十万円とかするのもあった。これもいずれプレミアがついて、値上がりするって言ってた。あいつは、そういう投資には長《た》けてたね。だから、あいつの自宅は警備や防災のために、アルソックだったかセコムだったかに入ってたもん。会社じゃあるまいし、個人で入るなんて、こん辺りじゃ考えられんよ。そんだけお宝が家にあったたってことじゃないの」

西山は自動車も多数所有していた。ＪＡ対馬不祥事第三者委員会の中間報告書（二〇一九年一〇月二五日付）には、〈車もヴェルファイヤ、アクア、スペーシア、軽トラックなどを所有していた〉と記されている。

しかも自動車を改造するのが趣味だったようだ。西山の家のすぐ近くに暮らす人によると、「あの家の車はマフラーを改造していて、大きな音が鳴り響くので、家を出入りする際にはすぐに分かる」と話している。

こうした収集癖は子どものころからのものだった。たびたび訪れることになった西山の実家で、ある時、母梅子が思い出を懐かしむようにこう振り返った。

「あん子は子どものころから、なんでも持ち物が人よりたくさんないと好かんかった。昔は、それこそビー玉とか、ぱっちんとかをよう集めとったねえ。ぱっちんって、めんこのこと。ほんとにいっぱい持っとってねえ。友達と競って勝ち取ってきたり、小遣いをあげたらすぐに買ってきたりして、誰よりも持っとった。それこそミカン箱いっぱいね」

複数の証言を踏まえると、高級な腕時計やウイスキーなどを買っていたのは、経営者や政治家と付き合ううえでのたしなみであったようだ。それが元来の収集癖と結びつき、異常な数を買い求めるに至ったのだろう。

一方で西山は、美津島町雞知の高台にできた新興住宅地に自宅を建てている。建物は、階段状に造成された住宅地の最上段にある。東側に海を望む景観のいい場所だ。

取材の関係で対馬市の経営者たちの家々を回っているうちに、彼らはそろって、山や崖を切り崩して造成した最も高い場所に豪邸を建てていることに気づいた。もとより平地が少ないので、それなりの規模の家を新たに建てるとなると、どうしても造成地になるのだろう。ただ、その最上段を選ぶというのは自己顕示欲の表れとみられる。

西山家の住宅の施工を請け負ったのは、上対馬町にある姉川建築。姉川建築は、その近くに西山の妻はるみの両親宅も建てている。どちらも二階建てで、外壁は同じ色である。

私はJA対馬の役職員やOBの家を何軒も訪ねたが、西山の家が最も金がかかっているという印象だった。

こうした収集癖や高台に建つ立派な家々は、西山もまた持っていた自己顕示欲と無関係ではなかったように思われる。

西山は『LA　News』二〇〇二年九月号のインタビューで、〈もともと目立つことが好きでしたし、人と会うのが楽しいです〉と答えている。

あるいはＪＡ対馬の関係者によるこんな証言もある。西山が職場の仲間たちと福岡を旅行した際、彼らを店外に待たせて、高級腕時計「ロレックス」の路面店に一人入っていった。着ていたのはジャージ。そのせいか、当初は店員に相手にされなかった。そこで西山が財布からかポケットからかおもむろに取り出したのは札束。すると、店員がすぐさま近寄ってきて、売り込みを始めた。西山は、その様子を店外にいる仲間たちに見せることで、喜んでいたという。

こうした逸話を集めてみると、彼にとって金も物も、自らの力を誇示する象徴であったのだと思われる。

だからというわけではないだろうが、西山はふだんの食事にはまったくと言っていいほど無関心だった。仲間たちと毎晩のように飲食店を巡り歩いてはいたが、その食生活はある意味では極めて貧しいと言えた。

たとえば『ＬＡ　Ｎｅｗｓ』二〇〇二年九月号で、共済部長（当時）の桐谷輝美は西山の食事について、やや困ったように話している。

〈月に一度のＬＡ全体会議では片道2時間かかる遠方からの参加なのでたいへんだと思います。その時ぐらい労ってやりたいのですが、タコ以外には箸をつけないので頭を悩ませています（笑）〉

同じく上対馬支店長の大浦英章も、次のように心配している。

〈体質的なこともあって、インスタント麺とタコ以外はほとんど口にしていないのも本当に大丈夫なのか心配のひとつですね〉

西山は幼いころから、とくに生魚を嫌った。梅子は「血の出るのは、好かんて。とにかく神経質だった」と振り返る。

さらに梅子によれば、西山は後年になって肉と魚に食物アレルギーを持つようになった。発症すると、ひどい時にはゴルフボール大くらいの円形の蕁麻疹《じんましん》が生じた。

初めて発症したのは、前職で、真珠を養殖する大洋真珠株式会社（本社・兵庫県神戸市）の対馬事業所に勤めていたとき。アコヤ貝は殻内の真珠を取ると、副産物として食用の貝柱が残る。社員の特権でそれをもらって食べたところ、それからずっと悩む疾患になったというのだ。

ただ、そうであってもその偏食ぶりは異常ともいえるものである。ＪＡ対馬の関係者に聞くと、昼食どきになるといつも、勤務先の上対馬支店の隣にあるスーパーマーケット「スーパーバリュータケスエ」比田勝店に行った。買うのは決まってカップラーメンとおにぎり。店の規模はやや広いコンビニエンスストアという感じである。路地を挟んだ店の向かいには調理をするごくごく小さな施設を設けていて、どうやらおにぎりはそこで握っているようだった。

それから西山が夜の外食時に手を付けるのは、ベビースターラーメンとタコの唐揚げくらい。

野菜はまるで食べなかったという証言も多い。

不正の手口

とにもかくにも西山は、見せかけの生活水準を上げることに執着した。ただ、それにはいままで以上に金を必要とする。しかも西山は、亡くなる数年前から不動産の投資を始めている。そのため、ＪＡからの収入だけでは足りなくなっていったという証言がいくつもある。

ＪＡ対馬の関係者らは、これが巨額の不正流用につながったとみている。すなわち、西山が共済金や返戻金を不正に流用するようになったのはより一層の金を必要としたからだ、と。以後、共済事業を悪用することで得たこうした金をまとめて呼ぶ際には「共済絡みの金」と記す。

では、西山はいかなる手口で不正を重ねてきたのだろうか。それを調べていけば、彼に加担した人たちの存在も自ずと明らかになるに違いない。やがては事件の全貌の解明につながっていくのではないだろうか。当初からそんな期待を持っていた。

そのためにまずもって頼りになるはずなのは、ＪＡ対馬不祥事第三者委員会の調査報告書である。

取材に取り掛かったころ、私は初期の調査の結果をまとめた「簡易版」しか持っていなかった。これは、A４判の紙でわずか八ページに過ぎない。事件の経緯が簡単に載っている程度で、新聞や雑誌が報じた以上の内容ではないように見受けられた。それもそのはずで、JAが公表しているのはこの「簡易版」だけだった。

これとは別に、その後の調査結果を追加した「中間報告書」、それから「最終報告書」があることは分かってはいた。ただ、JA対馬からは、〈報告書において個人を特定する情報が記載されており、当事案に関しては係争中で法的措置に関わる可能性がある〉ため、一連の報告書の引き渡しを断られた。

そこで当面は、残りの調査報告書を入手する努力を続けるとともに、JA対馬の内外にかかわらず事件に詳しいと思われる人物から証言を得ることに専念することにした。なお、「中間報告書」と「最終報告書」は後に入手できた。本書で「調査報告書」と記す場合は「最終報告書」を指す。

さて、早い段階で連絡を取ろうとしたのは現組合長の縫田和己である。JA対馬の関係者によると、本業は農家で、稲作や畜産をしているそうだ。

自宅を訪ねたものの、誰もいなかった。近所の人に聞いてみると、組合長になってからは単身赴任をしているとのこと。そこで対馬に滞在中に知り合ったとある人物を通じて取材を申し込んだが、「話せるはずはない」とすげなく断られた。

さらに私は対馬に行くたびに、西山を採用した佐々木富雄のほか、吉野栄二、桐谷安博といった歴代の組合長のもとを訪ねた。彼らは取材には丁寧に応じてくれたものの、手口については一切知らないと言うばかりである。

このほか西山の不正に加担し、その数々の証拠を隠蔽するのを手伝ったと耳にしていた現役の職員にも当たってみた。折り返し電話するという返事だったが、代わりにＪＡ対馬から電話があり、「すべては広報を通してください」とのこと。後に分かったところでは、職員たちは私の取材には「一切応じるな」と厳命されていたようである。

事件が発覚したときに第一報を受け、その詳細について知っているはずの総務部長だった井上正也や金融部長だった豊田脩二には、連絡先が分かったので取材を打診したものの、同じような回答が返ってくるばかりだった。

八方塞がりになりつつあったとき、事件に詳しい人物から運よく話を聞かせてもらうことができた。これからたびたび登場してもらうので、仮に「鈴木」としたい。

身元が明らかになることを防ぐため、鈴木の性別や年齢、所属などは一切明かさないこととするが、その証言は複数の観点から十分信頼に値するものであると判断した。

度重なる取材のなかで、鈴木が提供してくれた情報は多岐にわたり、いずれも事件の核心に迫る内容に富んでいた。

その一つがまさに、西山の手口に関するものである。

鈴木の話を聞いていると、ＪＡ対馬不祥事第三者委員会の調査報告書や裁判資料だけでは、決して十分とは言えなかったことが分かってきた。西山が長年にわたって不正を働いてきた方法はじつに緻密かつ巧妙なうえに、複雑で多岐にわたっていた。それだけに、その全体像を頭の中で整理できるまでにはとにかく骨が折れた。というよりも、本書の最後に至るまで続くその内容を、書き終えてみて初めて理解できたというほうが正しい。

まずは、同委員会の調査報告書と裁判資料を踏まえて、西山の手口の概略を確認したい。その後に鈴木の証言で補足していくこととする。

金を無尽蔵に生み出す仕組み

「拡大再生産」――。西山が共済絡みの金を横領した手口を煎じ詰めれば、この言葉が適切といえる。

つまり西山は、顧客の名前を借りて、架空の契約を作った。被害を捏造したり顧客に無断で解約したりして、支払われた共済金を自らが管理する口座、すなわち顧客に無断で作った借名口座と、顧客から通帳や印鑑などを預かっていた借用口座に入金させて自らの懐に入れてきた。さらに、そうした不正に基づく実績を積み重ねることで得られる歩合給までも原資にして、同様の犯行を重ねる。不正をすればするほど、金は無尽蔵に増えていく。

その全貌を知るには、ＪＡ共済の仕組みについての理解が欠かせない。

そもそも、ＪＡが新規の契約や契約変更の申し込み、共済金の請求の手続きを受け付ける際には、身体的に不自由であるといった一部の顧客を除いて、おおむね次の作業をしなければならない。すなわちＪＡは顧客に、申込書に必要事項を記載してもらったうえで、署名や押印をもらう。ただし、新規の契約と変更の申し込みに限り、二〇一六年度から押印は不要となった。

それから運転免許証やパスポートなどによって、本人であるかどうかを確認する必要もある。

このうち署名については、ＪＡ職員が代筆することは認められていない。ところが、西山は日常的にその禁を破っていた。顧客には口頭で契約の了解を得るだけで、代筆していたのである。

身分証明書に関しては、前もって契約者から運転免許証のコピーをもらい、それを申請に使っていた。

西山はこうした手段をもって、独断で各種の申込書を作るところまではできてしまっていたのである。

とはいえ、この手口で問題になるのは、各種の書類が顧客のもとに届いてしまうことだ。とくに共済絡みの金の支払いに関する通知書を本人に受け取らせるわけにはいかなかった。

そこで西山は、それらの書類をＪＡ共済連から顧客のもとに直接送る「直送《ちょくそう》」をしないよう、契約時にＪＡ共済連のオンライン上のシステムで毎回設定しておいた。その場合、一連の書類はＪＡ共済連からＪＡの本店に送られてくる。そこから支店を経由して、担当の職員が顧客のところに持っていくことになっている。

ところが、西山は支店に届いたこれらの書類を顧客に渡さなかった。代わりに自ら保管していた。

こんな手口がまかり通ったのは、次のような理由も関係している。

本来、直送しない設定にした場合には、担当者がその理由を書き込む必要がある。それを確認するのは、本店共済部の担当者。ただし、ＪＡ対馬ではその作業が杜撰《ずさん》だった。ＪＡ対馬では、書き込みの有無と、その内容に不自然な点がないかどうかだけ確認すればよかった。すなわち、同一の職員が何度も「直送しない」を選んでいることなどは見過ごされてきたのである。

こうして、顧客にも組織にも怪しまれることなく、西山は新たな契約や変更を思うがままにしていった。

ただ、これだけでは顧客に無断で新規の契約や変更の申請を済ませ、関連する書類の存在を隠しているだけに過ぎない。あくまでも目的は、共済絡みの金を手にすることである。そのためには被害を捏造しなければならないことになる。

地域で大きな自然災害があった場合、顧客に無断で契約した家屋が無傷だったとしても、西山は被害に遭ったように見せかけて、共済金をせしめていた。

では、罹災した証拠となる屋根や壁などの写真はどうやって用意していたのか。そのために悪用されたのは、まったく無関係の家屋が被害に遭ったときの写真だった。その写真を、別の家屋が被害に遭ったように見せかけるために流用してきたのだ。

西山はその備えとして、過去に自然災害に遭った家々の破損した個所を撮影しては、その膨大な写真のデータをパソコンに溜め込んできた。自然災害が起きるたびに、膨大なデータの中から適当な写真を選び、共済金の請求書を偽造した。

彼が使ってきた歴代のパソコンは、個人で購入したものである。西山の死後、そのパソコンに保存されていたはずの写真のデータは、何者かによって消去されていた。

そこでJA対馬不祥事第三者委員会が専門の業者に委託し、西山が共済金の請求に使用したフォルダを復元したところ、罹災した個所を撮影した写真が約三万九〇〇〇枚見つかった。

さらに調べたところ、同一の写真を何年にもわたり複数の請求書に使いまわしていることが判明した。

こうした手口がまかり通ってしまうのは、台風のように大規模な災害を伴うときに限る。その際には罹災した家屋を早急に修復してもらう必要が生じるため、査定の過程が簡略化される。すなわち、既払いの確認や罹災したことを証明する写真と損害の整合性は確認するものの、その写真が本物かどうかを確認することまではしない。これは、どこのＪＡでも同じである。

西山は、かかる査定の弱点を熟知したうえで、過去に罹災した写真を何度も流用することによって、架空の請求書を作り上げてきたのだ。

以上の内容は、同委員会の調査報告書と裁判資料に依拠している。

さらにこの調査報告書によると、とくに二〇一四年以降にあった台風の被害に関する請求書で使った写真は、すべて実際のものではなく、西山がパソコンに保存していたものを流用していたという。

そのために欠かせないのは、やはり写真である。それも、種類にしろ量にしろ多ければ多いほどいい。

組織への目くらまし

さて、ここから先が鈴木の証言になる。

西山はわざわざ個人でドローンを所有していた。鈴木によると、これは、まさに写真の点数を増やすためであった。台風で罹災した家屋があれば、あらゆる角度から撮影し、罹災した個所を抜かりなくデータとして残したのである。

ここでふと思い出したのは、長崎地方裁判所で裁判資料を読んでいた際、数多くある共済商品のなかで西山が不正に使ったのは「建物更生共済」ばかりだったことだ。鈴木は、「台風が来たときには、被害の申請が一気に増えた。要は、なんでもかんでも台風の被害にしておいたんですよ」と語る。

ただ、被害を偽造して申請したところで、共済金は勝手に契約を作られた顧客のもとに振り込まれるだけである。

西山はこの点に関しても抜かりがなかった。顧客から預かっている印鑑と身分証明書のコピーを使って、彼らに許可なく口座を作った。すなわち借名口座である。

西山はこの借名口座を、共済の契約時に指定の口座に設定した。掛け金は西山が負担する。被害を捏造することで、その口座に入ってきた共済金を西山が手にした。もちろんその共済金は、これまで支払ってきた掛け金よりはるかに多くなければならない。それが「拡大再生産」の財源になるからである。

あとは解約するのに適当な時期を待つだけである。基本的にはノルマのポイントとして数えてもらえる時期が来たら、解約して入り直す。

あるいは「転換」する手もある。転換とは、既契約における積立の返戻金を「下取り価格」として、新しい契約の一部に充てること。そのためいったん解約して新たに契約し直すよりは、掛け金を低く抑えられる。ＪＡ対馬では契約してから一定の期間を経たら、転換でもノルマのポイントが付いた。

いずれにしても重要なのは、事前に登録してある共済絡みの金の受取人と口座の名義人が同一人物であることだ。これなら、組織から怪しまれない。

同様の理由でもって、顧客から通帳や印鑑を一時的に預かっていた借用口座を共済金の支払先に指定した。同じく被害を捏造して振り込まれた金は、別の口座に移し替えてから引き出す、ということもよく使った手である。

西山は、借用口座に関しては、その名義人である顧客が共済の取引以外では使わない口座を借りていた。顧客が頻繁に通帳を必要とすれば、記帳した際におかしな金の動きに気づいてしまうからだ。だから毎月の掛け金は、わざわざ顧客のもとに出向いて集金し、それを口座に入金していたのである。

そうは言っても、いずれは顧客の求めに応じて、返却しなくてはいけない。その際に顧客が記帳したら、一連の入金と出金に気づく。それをごまかすために、西山はできる限りの手段を使った。

一つは、預かっている通帳を紛失したことにして、再発行する。再発行する前に、残高は預かった時点と同額にしておく。借用口座の名義人には「誤って余計に振り込まれたので、その分を差し引く手続きをした」といった適当な理由でもって説明し、納得させる。

ただ、再発行ばかりしていれば、周囲から不審に思われる。そこで、より頻繁に使ったもう一つの手段は、借用口座に入った金は誤って振り込まれたものだと顧客に伝え、それを自分が管理する他人名義の口座に移し替える。その際、摘要欄には「誤って振り込んだため」といった内容の文字を好きに打ち込めばいい。ＪＡ対馬の関係者は、「西山は、多くのお客さんから人気があったからね。そんな西山が言うもんやけ、深く考えずに信用してしまう人も多かった」と語る。


不正の手口はまだまだ尽きない。

顧客が請求して、その真正の口座に振り込まれたにもかかわらず、その一部をかすめ取るという手口もあった。

この場合も、顧客には「振込額が間違っていた」と謝罪し、差額として伝えた金額をその口座から西山が管理する別の口座に移し替えるというものだ。

これまた摘要欄には、適当な内容を入力しておく。顧客のもとには支払いの通知書が届かないように設定していることもあって、怪しまれることはなかったという。

それから、顧客に無断で被害を捏造して得られた共済金を現金で払い出し、自らの懐に入れるという手口を使うことも頻繁だった。

以上が鈴木の証言である。

ここから先は再び、ＪＡ対馬不祥事第三者委員会の調査報告書に基づいて記したい。

そもそもＪＡ共済連が受取人に共済金を支払う方法としては、「全国本部払い」と「組合払い」の二種類がある。

前者では、共済金などの支払いはＪＡ共済連の全国本部から受取人の口座に直接支払う。

一方の後者では、いったんＪＡが受取人に支払っておく。その後、ＪＡ共済連がそれを補塡《ほてん》するという流れになっている。しかも、その支払い方は口座振り込みだけではなく、現金で支払うこともできる。

ＪＡ共済連が「組合払い」を設けているのは、罹災した家屋や家財をすぐに修復や修繕するため緊急に金を必要とする顧客に向けて、ＪＡに独自の判断で先払いしてもらうためである。

ただ、担当の職員が「組合払い」を選択した場合には、しかるべき管理者がその職員に、

「全国本部払い」を選ばなかった理由を確認することが必須になっていた。ところが、ＪＡ対馬ではどのように確認するかのルールがなかった。

西山が担当した契約のうち「組合払い」の件数は全体の二六％強あった。ただ、同委員会が調べたところ、支店長が確認した形跡はなかったという。

おまけに現金払いをしたら、受取人から領収書をもらわなければならないが、これも、上対馬支店では領収書の存在を確認できなかったという。

ＪＡ対馬では、領収書の保管に関する内規が明確ではなかった。このため、支店で現金を受け取った西山がその後、顧客から領収書を受け取ったかどうかについては、誰も確認してこなかったのである。

中には不審に思っていた職員もいた。同委員会は調査報告書で貯金担当者の証言として、〈故西山が大金の現金を渡していたことが多かったので、大丈夫かと思っていた。口座があるのになぜ現金払いなのかと思っていた〉と紹介したうえで、歴代の支店長を次のように糾弾している。

〈故西山担当の契約について「組合払いにする理由」をチェックしない運用が、故西山の資金流用を容易にしたと考えられる〉

ここで、再び鈴木の証言を借りよう。西山には、顧客から家財が罹災したと連絡を受けた後、その顧客には新品の現物を支給するだけで済ませる手口もあった。

この場合、西山はその被害を踏まえて請求書を作り、支払われた共済絡みの金を現金で払い出し、自らの懐に入れた。被害を実際よりも大きく見せかけ、共済絡みの金を余計にもらう。その一部を、顧客に渡す現物を購入する代金に充ててきた。


以上述べてきたように、西山はＪＡの「建物更生共済」の盲点をつき、とにかくありとあらゆる手口を駆使して金を横領してきた。いずれの手段を使うかは、人や状況を見極めながら決めていたようだ。

結果として損害の総額は二二億円超に達したとされている。ＪＡ対馬の関係者によると、このうち金の使途や在り処が把握できているのは一〇億円程度に過ぎない。残りが不明のままなのは、主に西山が共済絡みの金を現金で引き出しているため、契約者に渡ったかどうかが定かでないからである。


それにしても、こうして綴《つづ》ってきて驚かされるのは、西山の神経の細やかさに加えて、彼がＪＡのあらゆる事業に深く通じていたことである。

私は、西山の手口について正確に書くために、ＪＡ対馬以外の共済や信用の担当者にも共済事業と信用事業の仕組みや事務的な手続きのことなどを確認させてもらった。彼らが一様にびっくりしていたのが、まさにＪＡの事業に関して西山が持っている深くて幅広い知識であった。

西山に印鑑を預けていた同僚

さて、以上の手口を完結させるうえでは一つ大事な要素が抜けている。信用部門の協力である。

たとえば借名口座を作るにしても、顧客の口座から西山が管理する口座に金を移し替えるにしても、そのたびに伝票を作る必要がある。それには上司や担当者の押印が欠かせない。では、西山の不正に関しては誰が押印したのだろうか。ＪＡ対馬の関係者に聞いていくと、一人の女性の名前がたびたび出た。上対馬支店で主に信用事業を担当していた元職員の比田勝式代だ。

元同僚たちは、比田勝について「西山の子分やった」と語った。それだけではない。彼女もまた、西山のおかげで共済絡みの金を不正に得ていたというのである。

私が海辺にあるその自宅を初めて訪れたのは、彼女にまつわるそうした疑惑の存在やそれらの証言をまだ知らないときだった。同僚だった以上は不正について何かしら知っているのではないか、と思ってのことである。

　彼女は、私の突然の訪問にもかかわらず、笑顔で対応してくれた。広々とした玄関は清掃が行き届いている。そこで向かい合って座りながら、西山と事件のあれこれについて尋ねた。彼女は、西山を手放しで褒め続けた。

「西山さんはとにかく好青年でしたよ。とくに私たち上のもんを、よう立ててくれましたから。いまの若いもんで、そんなことしてくれる人いないじゃないですか」

「お客さんも『西山さん、西山さん』って来る人ばかり。なんでも相談に乗ってやりよったからですね」

　不正の問題に質問を変えてみても、「私は、西山さんのことを悪く言いたくはない。あんな事件になってしまったけど、農協のために一生懸命にしてくれた人だから」「ワンマンなところはあったけど、それは農協を守《も》り立てないといけないということがあったのでね」などと、擁護するばかりである。

　ＪＡ対馬が存続するためには西山の不正は仕方なかったというように受け取れる発言が気になったものの、この時はこれをもって辞するよりほかなかった。

　あるいは失礼になる質問を携えて彼女のもとを再訪したのは四カ月後のことである。彼女は今回も笑顔で迎えてくれたが、私が本題を切り出すと、すぐにその表情は曇っていった。

――御自宅はＪＡの建更（建物更生共済）に入っていますね。

「ええ」

――大変失礼な質問になってしまうかもしれませんが、比田勝さんが建更で共済金を不正に得ていたという証言を複数の方から聞きました。

「そんな、あなた、不正にもらったことなんてありませんよ！」

――本当でしょうか？

「いえね、確かに払われた共済金があんまりに多いので、こんなにもらっていいんですかと、西山さんに尋ねたことはありますよ。でも、いいって言うんで、それならもらっておきましょうってなりました。でも、それは、別に私が不正に加担したというわけじゃないですからね」

――なぜそんなに多くの共済金が支払われたのでしょう？

「建更で評価額いっぱいにかたっとったら（共済に入っていたら）、被害金がいっぱい出ますよと言われたんで、そうしたまでです」

――どのくらい掛けていたんですか？

「たとえば古い倉庫なんかだと評価額は五〇〇万円なのに、保障額は一〇〇〇万円もかたっと、ったとですよ。西山さんの説明によれば、それだけかたっておけば、共済金がたくさん出るということだったんです。実際に、その倉庫は被害に遭って瓦が飛んだけど、その時には西山さん一人だけではなく、職員が証拠となる写真を撮っていきました。ただ、私自身は写真を撮った覚えはないですよ。それで、結構な額の共済金が出ました」

——それは一回だけではありませんでしたね？

「ええ、何回もありました。でも、いいとねって聞いて、いいっち言われるちゃけえ、もらいました。そりゃもらうでしょ、でしょ？」

——結果として、倉庫の修理にかかった費用よりもずっと多い共済金が支払われたんでしょうか？

「そうですね。私は西山さんに、こんなにもらっていいとねって何度も確認しています」

——一度きりの災害なのに、共済金が何度も出てくるのはおかしいのではないでしょうか？

「確かに、おかしいかもしれません。ただ、西山さんがそれでいいと言うんで。でも、私は一緒に不正をした覚えはありませんよ。それにしても、あなた、失礼ですよね！」

——すみません。失礼になることは承知で伺っています。ただ、大事なことなので教えてください。比田勝さんは過去に、渉外担当者として共済を営業する立場にもありましたね。そうであれば、ご自身に支払われた額や回数が過剰だったと思ったのであれば、それが正当なものかどうか、ただしてみるべきだったのではないでしょうか？

「額や回数が多いといっても、あの人がくれると言うから、もらっただけですよ」

切り上げ時だった。私は、突然訪問して失礼な質問を重ねたことについて改めて深くお詫びをしたうえで、彼女の家を後にした。

比田勝はやはり不正を知っていたのではなかったか。彼女の話を反芻《はんすう》するうちにそう思えてきたのは、その発言の中に傍点を付けた二カ所があったからである。それぞれ説明したい。

まず最初の「評価額は五〇〇万円なのに、保障額は一〇〇〇万円」という点である。

ＪＡの建物更生共済では、家屋の評価額以上に保障額を設定することができるようになっている。もちろん保障額が多くなれば、それだけ掛け金も上がる。

それでも西山が評価額以上に設定させたのは、被害を捏造して金儲けすることを前提にした契約だったからだろう。

それから傍点を付けたもう一カ所について。倉庫が罹災したことに関連して、被害の個所を撮影したのは西山やほかの職員であって自分ではないと、比田勝が自ら言い張ってきた点である。私が質問をしていないことについて、なぜ彼女は唐突に語ったのだろうか。

しばらく思案したところ、一つだけ思い当たることがあった。それは、撮影を工夫することで、家屋が被害に遭ったように写真を捏造するという手口である。

そういう手口があることを教えてくれたのは、JA福岡京築《けいちく》(本店は福岡県豊前市《ぶぜんし》)の元職員の男性。彼は実際にそれで共済金の申請の書類を偽造したことが職場で発覚し、懲戒解雇の処分を受けていた。

私がその男性の自宅に押しかけて取材したところ、彼は「たとえば」と自宅の柱を指し示しながら、その手口を教えてくれた。

「影の入り方を工夫することで、柱の一部が欠けているように見せかけられるんです」

しかも、請求書に載せる写真は鮮明でなくていいそうだ。「A4のカラープリンターで十分通ります」とのことだった。

あるいは西山とほかの職員は、比田勝の家で実際の被害個所以外についても被害に遭ったかのように見せかける撮影をしたのではないか。

そう思って、資料を読み漁ったりJA対馬の関係者に話を聞いたりしていくと、確かに西山も同じ手を使っていることが分かった。たとえば被害に遭った顧客の家の天井にある雨染みを撮影して、それを別の家屋の被害に遭った証拠とすることがあった。家人に無断で撮影して、被害の写真を捏造することまであったそうだ。

比田勝が「私自身は写真を撮った覚えはない」と言い張ることで主張したかったのは、おそらく自分は架空の写真の作成に協力したことはないという点だったのではないか。西山をはじめ複数の職員が撮影したことを記憶しているのは、すでに当時から捏造した写真が不正に使われていることを知っていたからではなかったか。

比田勝は、自らは不正に関与していないという主張を貫いた。

最初の訪問時には西山を擁護するばかりだった。だから、西山のことを「とにかく好青年でしたよ」と褒め、「西山さん」と呼んでいた。

ところが、二度目の取材では打って変わり、事件は西山一人が起こしたものだと言いたいように私には聞こえた。そのためか、彼女にとって都合が悪い話に触れていくうちに、西山の呼び方は、いつしか「あの人」に変わっていた。

やはり比田勝は、西山に協力していたと言えるのではないか。この点に関して、彼女は取材の最後に驚くべき発言をしていた。

それは、西山によって現金で払い出された共済金の伝票に比田勝の押印があることについて尋ねたときだった。彼女はもごもごしながら、こう答えた。

「それは当然私のものもありますよ。私はあの人を信用して、シャチハタを預けていましたから」

シャチハタを預けていた⁉　私は一瞬、自分が聞き違えたのではないかと思った。貯金の担当者のシャチハタを持っていれば、好き勝手に伝票を作れてしまうのではないか。

そこで、私はもう一度確認した。すると、比田勝は思い切ったようにこう答えた。

「だから、あの人は勝手に私のシャチハタを押さえていたんです。ほかにも職員何人かの印鑑を持っていたはずですよ」

JA対馬の関係者に聞いてみると、確かに比田勝が言うことは間違いではなかった。上対馬支店で信用事業を担当する職員は、西山に印鑑を預けていた。

それだけではない。上対馬支店では、信用事業の事務を処理する専用のパソコン端末が、本来の担当以外の職員でも好きに使えるようになっていた。

その端末を使うには、利用する職員を識別するカードを読み取らせ、暗証番号を入力する必要がある。だが上対馬支店では、担当の職員が端末の読み取り機にカードを差し込んだままにしておいたり、机の上に置きっ放しにしていたりした。暗証番号についても、本来知るべきではないほかの職員とも共有していた。つまり、職員であれば誰もが、通帳を作ることに加え、入金や出金の手続きができるようになっていたのだ。

加えて西山は、信用事業の担当者の印鑑を預かるだけではなく、後ほど述べるように支店長の印鑑も偽造したり無断で使ったりしていた。だから伝票に押印し、決裁できたのだった。他人の金を預かる金融機関としてはあまりに杜撰で、唖然としてしまう。

それにしても上対馬支店の職員は、なぜ西山に印鑑を預けていたのだろうか。比田勝にその理由を尋ねたものの、彼女は笑って言葉を濁すだけだった。

私は彼女が語った内容を整理しているうちに、桐谷が私にこぼした言葉をふと思い出した。

「上対馬支店の連中がぐるになっとったんじゃねえかと。本当は、それが一番言いたいとよ」

「台風の被害に遭った全職員の口座を調べろと、そのうち言うてやろうと思うって」

私は頭に浮かんだ一連の疑惑について確かめようと三たび比田勝を訪ねたが、彼女はもう会おうとしなかった。

第三章

軍団

とんでもない数のフィギュア

ようやく見ることが叶った映像でまさにその場面を目にしたとき、私は思わず感嘆の声を漏らしそうになった。

映し出されたのは安普請の狭い空間である。おそらくはプレハブ小屋の室内だろう。画像の二方向の白い壁には窓が一切なく、天井は低い。どちらの壁にも、天井まで届くガラス張りの陳列棚が置かれていた。

痛快だったのは、その棚という棚が、フィギュアでびっしりと埋め尽くされていたからだ。モンキー・D・ルフィやロロノア・ゾロ、サンジ……。漫画『ONE PIECE《ワンピース》』に登場する主要人物たちである。フィギュアの数は、映っている場所の分だけでも一〇〇体を下らないだろう。

その陳列棚に並ぶフィギュアを、スーツ姿の一人の中年男が眺めている。左手の指先をあごに当てて、どこか悦に入った面持ちなのが、生前の西山である。このときの年齢は四二歳か四三歳のはずだ。

さらに映像は次の場面に移り、ある棚だけを大きく映し出した。そこには、片足を上げて走っているような格好をした主人公ルフィのフィギュアが何体も並んでいる。どれもまったく同じものだ。

私は、その後も移り変わっていく場面を目で追いながら、この映像こそ西山が不正をした動機や組織における彼の影響力の源泉を理解するうえで貴重な資料である、という確信を強めていった。

漫画の累計発行部数で国内最多を誇る、尾田栄一郎《おだえいいちろう》作『ワンピース』。あまりに著名なこの漫画については、本章と関係のある要点にだけ触れておきたい。

主人公は、麦わら帽子がトレードマークの少年ルフィ。彼が海賊王になることを夢見て、信頼できる「仲間」とともに「麦わらの一味」を結成し、荒波が立つ大海に航海に出る物語である。

「麦わらの一味」が狙うのは、「富」「名声」「力」の要素がひとつなぎになっている大秘宝

「ワンピース」。かつて、これら三つのすべてを手にした海賊王ゴール・D・ロジャーが遺した財宝だ。

　この漫画を読み解くうえで大事になるのは「仲間」である。

　ルフィは、旅の途次で出会った剣豪や航海士、コックらに「おれ達もう　仲間だろ」「そんな事より　お前　おれの仲間になれ!!!」などと声をかけ、「麦わらの一味」に引き入れていく。ルフィにとって仲間とは、ワンピースを手に入れるという夢をともに叶えるために集ったかけがえのない同志である。彼らは敵に立ち向かうたびに、信頼や絆を深め、あるいは結束を強め、夢に近づいていく。

　私は取材の当初から、西山がこの漫画に夢中になっていたとたびたび耳にしていた。

　象徴的なのは、西山がルフィとその仲間たちのフィギュアを集めることを趣味にしてきたことだ。実際にそれを目にしたことがあるJA対馬の関係者は、次のように教えてくれた。

「フィギュアは大小さまざま。限定品も結構あって、時価数万円するもんも少なくなかった。あまりにたくさんあるから、自宅のプレハブだけでは収まらなかったんだろうね。西山は農協が佐須奈に借りている職員用のアパートも住まいにしていたけど、そこは収集したもんで物置小屋みたいになってたからね。フィギュアやそれに関連するプラモデルだとかもあった」

　西山が美津島町雞知に自宅を建ててから単身で使うようになっていたそのアパートは、３L

ＤＫの広さがあるとのこと。そこの部屋さえもいっぱいにしていたとなれば、彼が所有していたフィギュアはとんでもない数に及ぶはずだ。それは、もはや趣味という領域を超えていたといえる。

ほかにも同様の証言を聞くにつれ、私は次のように連想するようになった。

西山はルフィに熱烈ともいえるほどの憧れを抱いていたのではないか。彼が自分を慕う同僚たちに利益を与えてきたのは、「麦わらの一味」のような仲間づくりをしようとしたためではなかったのか、と。

そんな思いが湧いてきては浮かぶようになってから、私のなかで抜きがたいものになっていった気持ちがある。それこそ、西山が収集した『ワンピース』のフィギュアや、この漫画について語った資料があるのなら、ぜひとも目にしておきたいということだった。ひょっとするとそこから、彼があれだけ大きな不正を働いた動機にも迫ることができるのではないかという期待を、多少なりとも持ちつつである。

ただ、残念ながら、フィギュアのほうは西山の死後に処分されたそうで、実物を見ることはできなかった。

残る唯一の手がかりは資料になる。

これに関しては、一つ期待するところがあった。西山のLAとしての〝偉業〟を紹介したという映像である。JA共済連が制作して、全国のJA職員が視聴できるようにしているらしい。

その映像には、別の二つの意味でも強い関心を持った。

一つは、あれだけ大がかりな不正を働いた人物の立ち居振る舞いや肉声がいったいどんなものなのかを、見聞してみたかったということである。それまでは、顔写真こそ見たことがあるものの、二〇代後半から三〇代前半の古い写真であるうえに、鮮明とは言えないものだった。

もう一つはJA共済連の責任を知るためである。というのも、映像を見たことがあるというJA対馬の関係者は、こう語っていた。

「JA共済連は今回の事件で被害者面《づら》をしているけど、ずっと西山のことを持ち上げてきたじゃないか。やつらにも大いに非がある。それがよく分かるのが、あの映像だよ」

JA共済連は全国のJA職員に向けて、共済事業について学ぶための資料をそろえた専用のWEBサイトを設けている。西山の映像はかつてそこで見られたという。

ところが、JA対馬をはじめ各地のJA職員に調べてもらったところ、西山の事件を受けてなのか、映像はいつの間にか削除されていたということだった。そうなると、JA共済連に提供を求めたところで、結果は知れている。

では、そのデジタル情報を記録した何らかの媒体が外に出ていないのだろうか。

そう思って方々を探し始めてから半年以上が経ったころ、ひょんなことから、ＪＡのＰＲ映像を収めたというＣＤ－Ｒを手に入れた。本章の冒頭で述べたように私が快哉を叫びそうになったのは、まさにこのＣＤ－Ｒに待望の映像が残っていたからである。

一昔前の「ヤンキー」を思わせる容貌

視聴した映像は二本ある。ＪＡ共済連が二〇一六年度、二〇一七年度の営業実績を受けてそれぞれ制作したもの。いずれも、主役は西山だ。

〈農協の共済が世界一位。世界で一番いい商品を扱わせてもらいよる〉

二〇一六年度版の映像は、西山のこんな語りで始まるように、全編にわたって西山の実績とともにＪＡ共済を手放しで褒め称える内容になっている。

ひどく驚いたのは、映し出された西山の容姿である。

彼が二〇代だったころの写真で見た姿や噂の通りの痩身である。身長は一七〇センチメートルに満たないくらいと母梅子が以前話してくれたように、背丈も高くはないほうだ。紺色のスーツと白いシャツをきれいに着こなしていた。これだけなら、会社員として、首から下はごくごく当たり前の格好である。ところが、そこから上は、まるで似つかわしくない独特なものだった。

まず、細く整えられた眉毛は長さが半分もない。眉根から眉山に向かう直前で、上がったまま途切れていた。いわゆる逆八の字型の「ヤンキー眉」である。梅子は、息子については何でも愛情を持って語ったが、後に話を聞いた際、唯一顔をしかめたのがこの眉毛のことだった。

「太い眉毛が嫌だというんで、昔から細く短くしとった」

私は二〇代の西山の写真も何枚か見たことがあるが、映像の西山は当時よりもさらに眉は細くて短くなっていた。

おまけに髪型は緩いパンチパーマ、しかも全体を茶色に染めている。容貌だけなら、まさに一昔前の「ヤンキー」を思わせる。二〇代のころの美男子の面影は消えてしまっているようだった。

ところが、その表情は険がないどころか、むしろ和やかな印象である。話し方や声の調子にしても、ゆっくりとして、おだやかだ。それまで耳にしてきた人物評は「とにかくおとなしい人」だったので、確かにそういう受け止め方も一理あると思った。

二〇歳を過ぎたころの西山の姿も途中で映った。長髪を真ん中で分けたところに覗くそのキリリとした表情は、先述したようにやはり美男子そのものだった。

映像の最後に、〈仲間たちとの絆を胸に、今日も西山さんは対馬に世界一の安心を届けています〉という語りが流れた後で、西山の手書きの署名とともに、こんな字幕が映し出された。

〈対馬全島に〝世界一の安心〟を　西山義治〉

私はこの言葉を目にして、映像が喧伝する内容と現実とのギャップの大きさに、なんとも複雑な気持ちになっていった。西山の実績が虚構に満ちたものであることは言うまでもない。〈農協の共済が世界一位〉という言葉も、美辞麗句に過ぎないと思った。

私はこのころちょうど、JA職員に騙されて、不利益を被る共済の契約をさせられた二人の女性を同時に取材していた。騙したJA職員は一人が夫、もう一人が古くから親しい近所の住民である。

彼女たちは非常に身近な人たちからそんな仕打ちを受けたことで、経済的な損失はもちろんのこと、心にまで深い傷を負っていた。だから、余計に、映像の内容には呆れや苛立ちの感情が湧いてしまったのだ。

ちぐはぐな印象

さて、より重要なのは二〇一七年度版の映像である。冒頭がこんな大々的な語りで始まる。

〈長崎県対馬。人口三万人のこの島で、男がつかんだのは全国の頂点。平成二九年度、共済専

任トップ西山義治。ＬＡであることこそ、わが誇りと、胸を張る〉

これと、それからもう一本の二〇一六年度版の映像も、西山が「総合優績表彰」を受賞したことを記念して制作されたようだ。同表彰は、序章で紹介したように、全国のＬＡを毎年度称える「ＬＡの甲子園」において、とくに優れた実績を残したＬＡだけに与えられる。

こちらの映像で強く印象に残ったのは、ちぐはぐさである。日本一のＬＡがあたかも不良であるかのような姿かたちをしているという外形的な食い違いはもちろんだが、それ以上に二〇一六年度版の映像では確認できなかった表情の翳《かげ》りが気になった。なんだかとても弱っているように私の目には映った。

映像は、上司や組合員が西山を高く評価する声を取り上げる中、やがて一人の女性を映し出した。

彼女が涙ながらに口にしたのは、母を交通事故で亡くしたときの話である。どうしていいか分からず、困っている最中、西山が〈手を差し伸べてくれ〉たのだという。はたまたどういう理由かは分からないが、〈身内よりも近い存在でした〉とまで言い切っている。

これまた詳しい説明がないので推察するよりほかないが、おそらく女性の母は西山の顧客であり、「生命共済」や「自動車共済」に加入していて、西山は、その共済金が支払われる手続きをしたのだろう。ＪＡは葬祭事業も手がけているので、あるいは通夜や葬儀、告別式などの手配までしたのかもしれない。

映像では、画面が切り替わって西山が再び登場し、女性の告白に次のように答えている。

〈感謝の言葉を言われたら、明日からまた頑張ろうかなと思うですもんね。安心を売りよる職業やけん〉

肝心の場面はこの後に待っていた。それは、こんな語りから始まる。

〈そんな西山の自宅に飾られた、ある物語の主人公。それは、夢に向かって突き進む、日本一有名な海賊団の船長〉

そして映し出された場面こそ、例の、とんでもない数のフィギュアと、スーツ姿でそれらを眺める西山の姿だった。続いて大写しされた、ルフィが走っているような格好のフィギュアとともに、画面にはこんな言葉が表示された。

〈仲間を集め引っ張っていく〉

西山は、これを引き受けるようにして、こう語った。

〈船に仲間集めていく。それで、引っ張るちゅうことですね。かっこいいな、と思って〉

ルフィへの憧れとともに、自らを鼓舞する発言なのだろう。

映像では続けて、いささか大げさに思えるこんな語りが流れた。

〈日本一に輝いた西山は、いま、ＪＡ対馬の仲間たちを導く船長として、その思いをつないで

いる〉

直後に登場したのは、西山の同僚に当たる次の二人の職員。ともに、西山の〈思いをつないでいる〉という紹介とともに、彼らは次のように語った。

長瀬陽介　お客さんが来たら、まず、西山さんて、みんな声をかけてくる方が多いので、やっぱりそういうふうな頼られる職員になりたいなと。

田郷《たごう》祐輔　車がほしい、共済入ろう、貯金しようってなったときに、一番にやっぱＪＡが浮かぶように、自分たちもいまから、若い世代で頑張っていこう思ってます。

田郷——。西山が妻に生前、「俺に何かあったときには、タゴウにぜんぶ話しとるけん」と告げていたとされる例の職員だ。

ＪＡ対馬の関係者らに確認したところ、この映像を撮影した場所は、義理の両親である稲谷家の倉庫ではないかという。確かに、その居宅の前には、大人の背丈よりわずかに高い程度の倉庫がいくつも置かれていることを、私は現地で確認していた。

一方でＪＡ対馬不祥事第三者委員会の中間報告書には、〈フィギュアドール（ワンピースの人形など）の収集が趣味で、自宅倉庫一面に並べて保管されていた〉と記されている。

さらに第二章で紹介した、上対馬町の建設業などを営む株式会社ヤマダの社長山田幸弘の証言によると、西山はこの倉庫に空調の設備を整えていたとのこと。二四時間それを稼働させることで、一年を通して一定の室温を保つようにしていた。フィギュアは高温下では変色、変形するので、それを防ぐためだったという。それには相当な電気代がかかることからも、フィギュアを大事にしていたことが窺える。

西山軍団に入る理由

映像を見終えてみると、やはり西山はルフィに自らの理想とする姿を見ていたのだと、確信するようになった。そして西山は、自らが船長となり、「富」「名声」「力」を求める航海に出ているつもりだったのではないか、とも考えるようになった。

船員は職員である。彼らが救うのは、映像に登場していた女性をはじめとする共済の契約者だ。

そんな考えを後押ししたのは、次のような事実である。西山は職場で「西山軍団」を結成していた。ＪＡ対馬の関係者らの証言をまとめると、次のような組織だった。

「俺の軍団に入らないか」

ある日、西山は職員にこう声をかける。ルフィが「おれの仲間になれ!!!」と呼びかけ、「麦わらの一味」を募ってきたのと似ている。

誘う相手は、上対馬支店の職員だけにとどまらなかった。本店と支店の共済事業の担当者が多かったと聞いている。

おそらくは、西山の組織における権力を前に、ほとんどの職員は「はい」と答えざるを得なかったのではないかと想像する。

「団員」の正確な人数は分からない。「二〇人くらい」と言う人もいれば、「職員のほとんど」と言う人もいる。

複数の証言を踏まえる限り、軍団への関与の程度に応じてどこまでを団員と捉えるかの見解が異なっているだけのように思えた。おそらく、非正規の職員を含めてJA対馬の相当な割合の職員が「団員」と呼べる状況だったのだろう。

団員になると、その後、西山から公私にわたりさまざまな恩恵に与《あずか》った。

その一つは、西山が頻繁にご馳走《ちそう》してくれるようになることである。

西山は、ほとんど毎日のように団員らと呑み歩いていた。

場所は勤務先の上対馬支店の界隈だけにとどまらなかった。よく顔を見せたのは、上対馬支店から車で南に向かうこと二時間近い距離にある厳原町の繁華街。美津島町雞知にある自宅からは車で一五分ほどのところだ。

小さな川の両脇に旅館や飲食店、服飾品店などが立ち並ぶこの辺りは、観光の名所でもある。江戸時代に町割に沿って高く築かれた火切り用の石垣をあちこちに見ることができる。周辺には、室町時代から明治初期まで対馬を統治してきた宗《そう》氏の居城だった金石《かねいし》城跡のほか、その菩提寺「万松院《ばんしょういん》」や庭園などが点在する。

夜になれば、客寄せの火が灯り、街は別の顔を見せる。

地元の六〇代の男性によると、漁業が盛んだった時代には、全国各地から対馬近海に漁船が押し寄せ、厳原はその寄港地としてにぎわった。そのために、一時は全国でも人口当たりの飲食店の数が多いほうだったという話である。いまはだいぶ少なくなったそうだが、それでもかなりの数の店が残っている。

この界隈で西山らが一軒目に行く店は、だいたい「千両《せんりょう》」だった。客の多さでは厳原でも有数の料理屋である。

四階建ての店内で提供される料理は、対馬近海で取れた海鮮や郷土料理はもちろんのこと、焼き鳥やステーキ、中華、各種丼ものなどなんでもある。それだけに個人でも家族連れでも、あるいは接待などの社用でも、とにかく利用しやすい店として人気を得ている。

二軒目にたいがい行くのは、「千両」と同じ並びにあり、西山が一五年以上通い詰めていたスナック「ミナミ」である。

「ミナミ」で決まって呑むのは、そば焼酎「雲海《うんかい》」の水割り。食は細く、料理屋では刺身にも肉にも手を付けない。スナックに来て、ようやくベビースターラーメンとタコの唐揚げをつまむ程度。ママによれば、店では少年隊の「仮面舞踏会」をよく歌った。

「とにかくハンサムでね」――。

そう話したママは、西山の印象についてこう付け加えた。「西山君は、いつでも物静かに呑んでいました。酔っても騒ぐことはない。やんちゃな姿を見せたことは一度もなかったですよ。それに、誰に対してもすごく優しいから、あれだけたくさんの顧客を持っていたんじゃないですか」

妻はるみの陳述書によると、西山は平日であれば午後九時に帰宅した後に風呂に入り、食事を取らずすぐさま同僚や友人らと呑みに出かけるのが〈一つの生活パターン〉だったという。〈最もよく飲食をともにした〉。自らそう語っているのは、西山が亡くなったとき本店購買部に勤務していた大江勝司である。大江は、西山の転落事故を調べていた労働基準監督署の事情聴取に、〈飲食の際には、必ず西山さんがその費用を払った〉と述べている。

その飲食会についてJA対馬の関係者は、「農協の職員の中には、『洗脳会議』って呼ぶもんもおった」と語る。というのも、飲食の場には、新人職員も呼ばれた。そして、西山とつるんでいれば、仕事で苦しい思いをすることはないうえに、美味しい酒や食事をご馳走してもらえるとさんざん吹き込まれたそうだ。

団員は西山の金で旅行をすることもあった、という証言も少なくない。実際に、海の向こうの福岡市の繁華街で彼らを目撃したという話も、いくつか聞こえてくる。たとえば、あるＪＡ対馬の関係者はこう打ち明ける。

「私は一度だけ目撃しました。その時は一〇人くらいいたでしょうか。旅行の軍資金は西山さん持ちで、噂では一人に一〇万円ずつやりよったとか聞いています。その金は好きに使ってくれということなんでしょう」

これまた複数のＪＡ関係者によると、一定の実績を挙げたＬＡであれば、ＪＡ共済連から海外旅行という褒賞が与えられることもあったそうだ。

そんな西山軍団は、そろって運動用のシャツを持っていた。日韓交流を目的に対馬市で毎年六月に開催される「国境マラソンＩＮ対馬」に出場するために作ったものである。

自身も国境マラソンに参加した大江は、「たしか色は真っ赤でした。そこに、西山なんとかという文字が入っていた」と、やや自信がないような口ぶりだった。

大江は、おそらく少し記憶違いをしているようだ。そのシャツについて、より鮮明な記憶を持っているＪＡ対馬の関係者が次のように語っているからだ。「あるとき、西山軍団の一人が自慢げに見せてくれました。『いいやろ』って。それは緑色のTシャツでした。胸の位置、一五センチ四方くらいの範囲のなかに『ＪＡ』という文字が横書きでプリントされてましたね。その文字の線をよく見ると、『西山軍団』という言葉が小さなローマ字で綴られていたんです。ほかにマラソンの参加者はランニングのズボンと運動靴もそろえていました。運動靴は朱色でしたね。いずれも西山さんのポケットマネーで購入したって聞いています」

西山軍団に関するいずれの逸話からも、彼らが〝青春〟を謳歌している雰囲気が伝わってくる。

ただ、職員が西山軍団に入る理由はそのためだけではなかった。経済的にも心身の面でも全国のＪＡ職員を苦しめている、過酷な共済営業のノルマから逃れられることのほうが大きかったに違いない。これに関しては、次の章で述べたい。

悪事に引き込まれた団員たち

西山が自身の名を冠した軍団を作った理由もまた、仲間と遊びにふけるためだけではなかった。

遊ぶにしても、当然ながら金が必要になる。金を作るには、不正を重ねなければならない。

そのため、西山は団員たちをその悪事に引き込んでいった。ただし、それは団員全員ではないことを断っておく。

ＪＡ対馬の複数の関係者によると、西山軍団の動きが活発になるのは、やはり台風が来襲した後である。それからしばらくは、土日や祝日になると、上対馬支店に集まることとなった。第二章で登場した鈴木をはじめ関係者の証言によると、その目的は、共済金の請求書や契約の変更の申請書を偽造することにある。

すでに述べたように、台風が来襲したときだとか、年度末や年度始めだとかは、西山がそれらを処理する件数は膨大になった。ＪＡ対馬の関係者によると、その作業は数カ月から半年近くに及んだ。ある女性は、西山軍団の面々が上対馬町の飲食店で夜な夜なともに食事をしている姿を目撃している。

団員たちは、西山が事前に各支店長に許可を得て、休日出勤扱いにしてもらっていた。西山が要請をすれば、その圧倒的な力を前に抵抗できる支店長はそうはいなかった。

上対馬支店の近所では、土日や祝日になると、同じ顔触れの職員が集まっている姿がたびたび目撃されている。各支店から応援に来た団員たちだ。

そのうちの一人で、先ほど名前を挙げた大江は、同じく労働基準監督署の事情聴取に対し、集まっていた同僚について〈田郷さんや松村（伸次）さん、平松（光丞）さんら共済関係者が多かった〉（カッコ内は筆者が補足）と証言している。

休日の彼らの不穏な様子は地元の人たちにたびたび目撃されている。ある住民はこう語る。

「農協の二階は透明な窓ガラスになってってね。休日の昼間に、通りがかりにふと見上げたら、西山の仲間が窓ガラスに紙を貼り付けて、そのうえに別の用紙を当てていた。それで何か上書きしとる。ああ、他人の筆跡を偽造しているんだなと思った。その職員は私が見ていることに気付くと、慌てたようにさっとやめて、部屋の向こうにいなくなったね」

ＪＡ対馬の関係者らによると、一部の団員は共済の書類を偽造することを手伝ったようだ。たとえばそれは第二章で記した作業だ。すなわち、西山が溜め込んでいた過去に罹災した家屋の写真の中からあらかじめ決めておいた被害の場所と面積に沿った写真を選び、それをパソコン上で貼り付けては、請求書を作るのだ。

これは、ＪＡ対馬不祥事第三者委員会の調べで分かったこと。後に、ＪＡ対馬が設置した賞罰委員会から尋問された際に、田郷は不適切な共済金の請求書を作成する補助をしたことを認めている。

田郷は、西山軍団のなかでも中心的な人物とされている。ＪＡ対馬の関係者の間で、彼は「西山の金庫番」というあだ名を付けられていた。田郷が働いてきたのではないかと推測される不正に関しては、資料や証言が少なくない。西山軍団の役回りを理解するためにも、彼の言動についてはできる限り記しておきたい。

田郷が加担したことは共済関連の書類の偽造だけではない。

彼は西山が死んだ当時、美津島支店の次長だった。そして同支店で、共済の契約者に無断で、その契約者を名義人にした借名口座を作成することにも協力していた。

さらに、その共済の契約で被害を捏造し、契約者が与り知らぬところで借名口座に共済金が支払われるようにしてきた。

借名口座に入った共済金はすぐに現金で引き出された。田郷は支店の別の職員に指示をして、顧客には無断で出金伝票に代筆をさせてきた、という。ＪＡ対馬の関係者が証言する。

「ある名義人に関して、毎回違う人が代筆したら、筆跡が変わってバレてしまう。それを避けるために、代筆する担当者は名義人ごとに決まっていた」

違法に引き出された現金は、その後、西山の手に渡った。

これまたＪＡ対馬の複数の関係者の証言によれば、田郷は、美津島支店に赴任する前の、二〇一一年一一月一日から二〇一六年三月三一日まで在籍していた上対馬支店でも、同様の不正行為をしていたという。

先のＪＡ対馬の関係者によると、西山軍団による以上のような不正行為は、上対馬支店は言うに及ばず、厳原支店でも常態化していた。

与しない職員は排除

ルフィが率いる「麦わらの一味」は、ワンピースを手に入れるという夢を共有し、ともに数々の強大な敵に立ち向かう中で、結束を強めていった。

対して西山軍団が共有したのは、「いい思いをしたい」と「しんどい思いをしたくない」という、身勝手ともいえる気持ちだった。そのために不正を重ね、結束を強めていったと言える。彼らは結束を強めるほどに、自分たちに与《くみ》しない、あるいはその行為を邪魔する職員を容赦なく排除していった。

たとえばあるJA対馬の関係者は、次のような理不尽な出来事を目にしている。

「西山軍団に入っていないと、西山さんとまともに話すことすらできなくなります。たとえば、忘年会で、役職員が一堂に会するじゃないですか。そんな時に、団員以外が西山さんに話しかけようとすれば、団員があからさまにそれを阻止してくる。あるいは、団員は団員以外にはお酌をしないとか。いずれにしても、役員は素知らぬ顔です。それくらい、西山軍団に属しているかどうかは、JA対馬において重要なことでした」

自分たちに与しない同僚へのいやがらせは、時に相手が心身を壊すほど執拗なものだった。

そのために離職していった職員もいる。

それにしても、このＪＡ対馬の関係者の証言は、組織における西山の立場をよく物語っている。

まず、西山が西山軍団において「仲間」という以上の存在に成り上がっていったことが窺える。事件に詳しい人物たちは、西山のことを「天皇」「エンペラー」とまで呼んでいた。いつしか西山は団員たちから崇め奉られる存在になっていたことは想像に難くない。

その傍証として、ＪＡ対馬の関係者によるこんな証言もある。共済関連の書類を偽造する作業は、夜までかかるのが当たり前だった。終われば、みんなして支店界隈の飲食店に繰り出す。辛党の西山は毎度呑むので、運転して帰ることができない。そこで、下戸である一人の職員が西山を自宅まで送り届ける運転手の役割を負わされていた。

上対馬町のＪＡ関係者によると、この職員の前には、別の職員が運転手の役割をしていた。ただ、その職員は、厳原町にいるのに、二時間ほどもかかる上対馬町まで迎えに来いと呼びつけられることもあったそうで、それが嫌で西山と衝突し、結果として退職したという。

ＪＡ対馬不祥事第三者委員会の調査報告書や裁判資料、ＪＡ対馬の関係者の証言によると、西山軍団が最後に働いた不正は、西山の死と前後して、証拠となる書類などを隠滅することだった。遅くとも西山が亡くなる三カ月前には、それが始まっていた。
既述したように、西山が業務用に使っていたパソコンは、個人で用意したものである。そのパソコンにオペレーティングシステム（ＯＳ）を再インストールし、それ以前のデータをすべて消去したのが二〇一八年一一月のことだった。同委員会の調査報告書などを読むかぎり、消去したのは松村であるようだ。

この年の六月、ＪＡ対馬では役員改選があり、それまで西山に好き勝手をさせてきた桐谷安博組合長の三期九年の長期体制が終わり、縫田和己を組合長とする執行体制に移った。
同委員会は調査報告書で、縫田体制になってから、〈故西山の査定を厳しく行う雰囲気が生まれ〉たと記している。

そのうえで、〈このＯＳの再インストールは本件不祥事のデータの隠匿の目的でなされたものと考えられる〉〈このＯＳの再インストール前のデータは職員の機転によってハードディスクにコピーされていたこと等が判明した〉などと結論づけた。この報告にある「職員」も、どういうわけか、松村である。

ＪＡ対馬がデータを消去した理由について松村を聴取したところ、〈データには業務外の個人情報（今回の不祥事とは関連性がないもの）が多数記録されており親族以外にデータがわたるべきものではないと判断した〉と答えている。さらに、データを消去すれば調査に支障を来たすことを予想できなかったのかという質問には、〈そもそも、その時点では当事者が不正を行っているとは全く知らなかった〉と言うのだった。

ＪＡ対馬の複数の関係者によれば、その松村は、西山が亡くなる前日の二月二四日は日曜日だったというのに西山やほかの団員らと上対馬支店に集まり、証拠となる可能性が高い書類を切断式破砕機にかけた。そして中身が見えないコメ袋に入れて処分した。

西山が亡くなった当時、上対馬支店で共済の窓口担当だった橘信明は労働基準監督署の事情聴取に、「これまでは書類が山積みの状態だったが、机の周りがきれいに整頓されていた」という趣旨の答えをしている。第一章で紹介したように橘は、事件が発覚する発端となった、ある女性が請求していた共済金が彼女の口座に支払われていなかったことに気づいた職員である。

松村本人は、ＪＡ対馬不祥事第三者委員会の調査に対して、共済金の請求書を作成する作業を手伝ったことは認めた。ただ、調査報告書からは、それが不正を認識してのものだったかどうかは読み取れない。一方で松村は、証拠となりうる書類などを隠滅したことについては否定している。ただし、後に開かれた賞罰委員会ではこの点を責められ、減給の処分を受けた。この処分には、西山が亡くなった日に、それまで西山が管理してきた借名・借用口座から、松村が貯金を不適切に払い戻した咎も含まれている。

さらに裁判資料によると、西山が亡くなってからざっと半月のうちに、西山とその家族が契約していた共済一一五件が一斉に解約されている。ＪＡ対馬の関係者によると、これを実行したのは西山軍団の一員だ。具体的には美津島支店の田郷が解約する書類を作成し、本店共済部に送っている。共済部にも西山軍団の一員がいて、そのまますんなりと通した。

この証言をしてくれたＪＡ対馬の関係者は、短期間のうちに解約した理由を次のようにみている。「解約することもまた、あらかじめ西山から指示されていたはず。契約を残しておけば莫大な掛け金がかかるし、後で財産として差し押さえられるだけだから。だから、すぐに解約して、解約返戻金と積立金を現金化する必要があった」

裁判資料によると、解約された一一五件の返戻金は五〇〇〇万円を超えた。西山の妻はるみは、同日開設したばかりの貯金口座にそれを入金した。

西山は団員とともに上対馬支店で証拠を隠滅した日、すなわち亡くなる前日に、それまで共済の契約者から預かりっぱなしにしていた印鑑と通帳を突如として彼らのもとに返してもいる。

西山は、同日午後七時ごろに仕事を終えると、松村の運転する車に乗って美津島町雞知にある自宅まで送ってもらった。その道すがらと思われる時間帯に印鑑と通帳を返されたという共済の契約者の証言を、私はいくつか得ている。

ここから先の亡くなるまでの顚末《てんまつ》は、主に裁判資料に基づいて書いていく。

西山が自宅に到着したのは、午後八時三〇分ごろ。今度は同僚の後藤崇が運転する車に乗り換え、厳原町の繁華街に出かけていった。

最初の店で同席したのは大江と後藤。西山はここで焼酎を一杯か二杯呑むと、一人でスナックに向かった。

後に大江だけが西山に合流した。そのスナックには、地元の企業の経営者や元町議がいた。同席していた人たちに取材すると、西山は「とくに変わった感じはなく、いつものように静かに呑んでいるだけだった」とのこと。ただ、西山と懇意の人たちの証言であるため、この内容は話半分に聞いておくべきだと考える。

JA対馬の関係者は、酒席の場で西山から伝えられたことはおそるべきことであったと推察している。「おそらく西山軍団にとって最後の晩餐《ばんさん》だったのでは。西山はもはや言い逃れできないので、翌日に自分は自殺すると打ち明けたんでしょう。そして西山軍団の連中に、その後始末を託したのではないでしょうか」

西山が自宅に戻ったのは、日が変わって二五日月曜日の午前三時ごろ。大江が運転する車で送り届けてもらっている。

大江はそこで西山から、Ａ４判程度の大きさの箱を預かった。中には、顧客名義の通帳が一〇冊ほど入っていた。西山から依頼されたのは、この通帳を美津島支店次長の田郷に渡すことだった。

大江は午前三時五八分にも西山から電話で連絡を受けた。その内容は、預けた通帳を田郷に渡すようにという念押しであった。

西山は、それからわずか三時間後の午前七時に起床し、朝食を食べることなく、同三〇分ごろに自宅を出た。その際、はるみには〈ちょっと仕事で比田勝に行く〉とか〈かみ（筆者注・上対馬支店）に行ってくる〉と話した。

以後、彼が車ごと海に転落する八時四五分ごろまで休む間もなく電話をかけた時間と相手、その内容はおおむね次の通りである。

七時三三分　大江に、西山の自宅に印鑑を取りに行くように伝えた。
同四七分　はるみに、大江に荷物（筆者注・おそらく印鑑のこと）を渡すよう伝えた。
同五〇分　大江に、はるみから荷物を受け取ったかを尋ねた。
同五三分　橘信明にかけたが、当の橘は内容を覚えていない。

八時七分　橘信明にかけたが、当の橘は内容を覚えていない。

同八分　大江にかけたが、当の大江は内容を覚えていない。大江は後に、〈田郷に荷物を渡したかどうかの確認であったかもしれない〉と証言している。

同二二分　はるみに、大江に荷物を渡すよう伝える。併せて銀行が開店したら、六〇〇万円を引き出し、大江に持っていくよう依頼した。

同三三分　平松に、田郷次長と連絡がつかないので、連絡をもらいたい旨を伝えて欲しいと依頼した。

西山は自宅を車で出て、上対馬支店に向かっていた。この間、彼が転落した場所までの移動時間を踏まえれば、休みなく運転をしていたはずである。それなのに次から次へと電話をかけるというのは、よほど差し迫った用件があったに違いない。西山の死を自殺とみているJA対馬の関係者の一人は、「一連の電話によって、証拠を隠滅する方法の最終的な確認や指示をしていたのではないか」と推察している。

大江は午前八時三〇分ごろ、西山宅に到着し、西山の指示に従いはるみからバッグを受け取った。バッグの中には、複数人の印鑑が入っていた。

大江はその後、美津島支店を訪ね、預かっていた通帳や印鑑などを田郷に渡した。これらの通帳や印鑑などは顧客のものだった。西山の死後、支店にある彼の机の引き出しにはこのほかにも印鑑の束があったので、相当な数の顧客から預かっていたことになる。

さらに大江は、JA対馬の本店ではるみから六〇〇万円が入った紙袋を預かっている。これは、はるみが午前九時ごろに十八銀行から引き出した現金である。この現金は、後に、大江からはるみに戻された。

大江は当時、農家が生産に必要な農薬や肥料などの資材のほか、生活に必要な食品や日用雑貨、耐久消費財を扱う購買部門の担当だった。

JA対馬の関係者によると、西山には、その購買部門が扱う商品について数百万円に及ぶ未払い金があった。六〇〇万円はその返済にあてるつもりだったのではないかという。

なんだか腑に落ちない説明だ。あれだけ巨額の金を横領しながら、それと比べると些少にしか思えない六〇〇万円をなぜいまさら返そうとしたのだろうか。

この関係者によると、「西山は、JA共済連の金を横領することは気にしなかったが、JA対馬に経済的な損害をもたらすことはしたくなかった。だから最後も律儀に未払い金を返そうとしたのだと思う」と説明する。

確かにJA対馬が公表している二二億円超の損害を被ったのは、あくまでもJA共済連である。そういう意味では、JA対馬は社会的な信頼を損なったとはいえ、経済的には損害はない。

なんだか妙な理屈ではある。

ただ、西山は公私ともに敵と味方の線引きをはっきりさせており、味方に対する義理立てをひどく大事にしていた。それだけに、この関係者の説明はあながち否定できないように思えた。

直接的には自殺だったと推察する理由

先ほど紹介したＪＡ対馬の関係者らが推察するように、西山は直接的には自殺したと、私も考えている。その理由は、ここまで詳述してきた証拠の隠滅以外にもざっと三つある。

一つ目は、言うまでもなく、彼が組織から不正を追及されて、瀬戸際まで追い込まれていたことである。あるＪＡ対馬の関係者はこんな見方を示す。「名誉欲への異常なまでの執着を見せる西山にとってみれば、自ら非を認めて、周りから蔑《さげす》まれることが許せなかったのではないか」

二つ目は、西山とともに海に転落した車だ。はるみが裁判資料として提出した「陳述書」によると、西山は通勤時には、ＪＡの公用車を利用していた。ところが事故当日に乗っていったのは、父親が所有するダイハツ「アトレーワゴン」。車を走らせるとどこからか異音がするというので、西山が上対馬町にある修理工場に預けるために乗っていった。

ＪＡ対馬の関係者によると、じつはこの車には、自動車共済で共済金が無制限に設定されていた。「父親の車の共済を契約したのは、西山本人。保障額は西山本人の車よりずっと良かった。自分の車ではなく、父親の車で転落したのは、要はそういうこと」

母梅子に取材したところ、車の調子が悪いことを息子に伝えたのは、「はっきり覚えていないものの、かなり前」のことだった。なかなか息子が引き取りに来てくれないので、近所の修理工場に自分で預けに行くつもりだったという。それが事故死する当日に乗っていったというのは、確かに妙である。

先ほどのＪＡ対馬の関係者によると、この車には、もう一つ不審な点があった。西山が父親に預けると伝えていた修理工場は上対馬町にある会社だった。ところが同社は、西山から事前に連絡を受けていないと話しているそうだ。車を修理に出すのに、予約を入れていないということは、常識的には考えにくい。

三つ目は、家を出た際の服装と所持品である。先述のとおり、西山は自らの不正疑惑についてこれから厳しい追及を受けるというのに、着衣はスーツではなくジャージだった。はるみは裁判の陳述書で、西山の仕事着は平素はスーツであり、〈少しだけ仕事するときにはジャージのときもあった〉と語っている。それから所持品についても免許証と携帯電話、それに二〇〇円くらいの小銭をポケットに入れただけだった。バッグや財布どころか、家の鍵も持たずに出た。この日は仕事だという割には、おかしなほどに身軽である。

いずれにしても、西山は死んだ。

リーダーを失ったことで、西山の周りにいた職員たちは蜘蛛の子を散らすようにいなくなった。そして西山軍団は消滅した。

このうち田郷は対馬にある別の団体の職員になった。私は一連の事実を確かめるため、田郷のもとを訪ねた。

背の高い中肉の中年男だった。「西山さんの事件のことで」と伝えるや否や、「何も話すことはない」とぼそりとつぶやき、すぐに建物の中に消えていった。映像では潑剌《はつらつ》とした表情が印象的だったのに対し、実際に会ってみると終始うつむき加減の自信なさげな表情をしていて、打って変わったかのようだった。

大江は対馬の民間の会社で働いている。職場のそばで取材に応じてくれた。

背が高く、がっしりとした体つきをしていた。ただ、厳《いか》つい感じはなく、人が良さそうな、というよりも、どこかおどおどした印象を受けた。

大江は、私の質問にやや戸惑いながらも、不正に加担したことは否定した。辞職した理由については、次のように答えた。「西山さんの事故の翌年には、頼りにしていた直属の上司までもがバイク事故で亡くなってしまった。もはや農協にいる意味はないと思った」

このほか後藤や橘も辞職した。

永尾と松村、平松は減給の処分を受けたが、いまも在職している。

第四章　ノルマ

本人が同意していない目標

農協の監督官庁である農林水産省がＪＡ共済の運用に関する監督指針の改正を公布したのは、二〇二三年一月二七日のことだった。同日にＪＡの監督官庁である都道府県にそれを通知し、二月二七日に施行した。

背景にあるのは、全国のＪＡ職員を苦しめてきた共済商品の営業に関する過大な「ノルマ」の弊害、とくに「自爆営業」が横行してきたことである。

ＪＡ対馬では、相当数の職員が西山軍団に入っていた。その最も大きな理由は、ノルマと自爆営業から逃れられる特典を得られるからであった。

本章で詳《つまび》らかにするように、西山は職員を苦しめるノルマをむしろ逆手に取り、組織での求心力や影響力を伸ばす道具としてじつに巧みに使いこなしてきた。そのからくりを知ることで初めて、あれだけ大規模な不正にまで発展した背景や経緯を理解することができる。そして、被害者を装っているＪＡ対馬やＪＡ共済連をはじめとするほかのＪＡの組織が西山と同罪であることも。

ＪＡグループにおいて、各種事業のノルマを作るのは基本的に「連合会」である。

連合会は、農協が任意で作る組織で、ＪＡグループでは事業別に都道府県段階と全国段階でさまざま存在する。ＪＡの組織の構造に加え、ＪＡ対馬の不祥事件に関するそれぞれの責任の所在を理解するうえでも重要なので、ここでそれぞれの連合会について概説しておきたい（13ページ図参照）。

共済事業では全国段階として全国共済農業協同組合連合会（ＪＡ共済連）がある。以前は都道府県段階で「共済農業協同組合連合会（ＪＡ県共済連）」も存在していたが、二〇〇〇年にＪＡ共済連に統合された。

信用事業では、都道府県段階で「信用農業協同組合連合会（ＪＡ信連）」、全国段階で「農林中央金庫（農林中金）」がある。ＪＡ信連が残っているのは三二都道府県で、ほかの県では農林中央金庫がＪＡの資金の運用や管理をしている。

経済事業では、都道府県段階で「経済農業協同組合連合会（ＪＡ経済連）」、全国段階で「全国農業協同組合連合会（ＪＡ全農）」が存在する。ＪＡ経済連は、以前はどの都道府県にもあったが、こちらもＪＡ全農との統合が進み、いま残っているのはわずか八道県である。

こうした事業別の連合会のほかに、政治活動やＪＡへの指導や監査をしてきた都道府県ごとの「農業協同組合中央会（ＪＡ中央会）」がある。その全国段階の組織は「全国農業協同組合中央会（ＪＡ全中）」だ。

ＪＡ中央会もＪＡ全中も農協法上の特別認可法人であったが、連合会とは違って何か事業をしているわけではない。その運営は、ＪＡや連合会が支払う賦課金によって成り立ってきた。なお、第二次安倍政権時の農協改革によって、ＪＡ全中は特別認可法人から一般社団法人に、ＪＡ中央会は特別認可法人から連合会に移行している。

ＪＡグループは縦割りのピラミッド型の構造をしている。底辺に位置するのは、ＪＡ対馬のような、全国に五〇六あるＪＡ。その上には都道府県段階の連合会が、さらにその上には全国段階の連合会が占めている。

各事業にはノルマが存在する。基本的には全国段階の連合会がノルマを決めて、都道府県段階を介して全国のＪＡに割り振っている。

このうち共済事業でおおもとのノルマを作るのは、その「司令塔」を自任するＪＡ共済連の全国本部（東京都千代田区）である。ここが毎年、都道府県本部を通じ、各地のＪＡにノルマを配分する。

すでに述べたように、全国に五〇六あるＪＡは個別の経営体である。ゆえに、ＪＡ共済連から配分されるノルマを受け入れるかどうかはそれぞれの自由だ。ただ、以下に述べていくような理由から、実際にはほとんどのＪＡはノルマを受け入れざるを得ないのが実情である。

北海道を除く都府県のＪＡの約九割は、本業である経済事業が赤字に陥っている。その穴埋めをするのが共済事業と信用事業、一括りにして言えば金融事業である。

共済事業の稼ぎについては、ノルマを達成することによってＪＡ共済連から支払われる「付加収入」と呼ぶ手数料の収入に依《よ》っている。

ここで押さえておくべきことは、設定上、付加収入は保有契約よりも新規契約のほうが多くなるということ。要は、新しい契約を取ってきたほうがノルマのポイントを稼げる。だからＪＡは、新たな契約を獲得するよう職員を駆り立てる。第二章で見てきたように、西山が顧客に無断で契約した共済をいったん解約して新たに契約し直したり、転換させたりすることを繰り返してきた理由もそこにある。

しかも金融事業のなかでも信用事業は低金利の影響で右肩下がりとなっている。それゆえＪＡは、職員に負わせる共済のノルマを増やす傾向にある。

職員が課せられるノルマはあまりに大きく、普通に営業するだけではこなせない。とはいえ達成できそうになければ、有形無形のさまざまな手段をもって、上司が心身ともに追い詰めてくる。

そこで職員が仕方なしにやらざるを得ないのが、自身や家族を必要以上の共済に入らせる自爆営業だ。時には友人や知人にも共済を契約してもらい、その掛け金までも肩代わりする羽目になる。序章で触れたように、その負担額は年間で数十万円は当たり前で、多い場合には数百万円に達する。

職員を自爆営業から救った西山

もちろんＪＡ対馬も職員にノルマを課してきた。

第一章で記したように、なにしろ対馬は総土地面積に占める耕地面積がわずか一・一％。ＪＡ対馬の経済事業に大きな伸びは期待できない。

ゆえに、自ずと金融事業に頼るしかなく、西山が亡くなるころには総事業収益に占める共済事業の割合が五割を超えていた。これだけ共済事業への依存度が高いと、ほかのＪＡと同じように、職員がそれだけノルマと自爆営業に苦しんできたと考えるのが当然だろう。

ところがＪＡ対馬に限っては、それは当てはまらない。西山が亡くなるまで、自爆営業をしている職員は皆無に等しかったからである。

「うちの農協では西山が組織のノルマのほとんどをこなしとったから。だから、ほかの職員は自爆する必要がなかった」（ＪＡ対馬の元職員）

序章で述べたとおり、ＪＡ対馬が契約を獲得した件数のうち、西山一人が取ってきた分は約三分の一を占めていた。

とはいえ、職員一人ひとりにはノルマが割り当てられている。そうであっても、ほとんどの職員はノルマを重荷に感じることはなかった。なぜなら、西山が獲得してきた圧倒的な実績を、無償で分割譲渡してくれたからである。今回の事件に詳しい人物は、「ノルマを達成できないのは、だいたいが若手。だから西山は、自分が獲得した契約を主に若手にあげてきた」と教えてくれた。

さらに西山は、上対馬支店以外の職員にも無償で譲渡した。

各地のＪＡと同じように、ＪＡ対馬もまた、支店ごとにノルマを割り当てている。支店のノルマを達成する責任は、当然ながら支店長に負わされる。上対馬支店以外の複数の支店長が西山に泣きつき、実績の一部を譲ってくれるように懇願することがたびたびあった。

それにしても西山は、なぜほかの職員たちに実績を無償であげるようなことをしていたのだろうか。すべてを自分の実績としておけば、その分だけ歩合給がもらえるはずである。

そうしないのには、西山なりの深謀遠慮があった。今回の事件に詳しい人物がこう説明する。

「ほかの職員を言いなりにさせられるからですよ。実績を無償であげてしまうことで、職場で自分が不正をしやすい環境をだんだんと作っていった。そうして誰も西山に口を出せなくなったとき、彼は神様みたいな存在になったんです」

ＪＡの職員にとって、ノルマと自爆営業は経済的な負担であるだけではない。組織や上司からノルマをこなすよう日常的に圧力をかけられるため、心身を苛《さいな》むものである。

しかも、ノルマは毎年必ず襲ってくるという点で、ＪＡに勤めている限り終わることのない苦しみだ。

ＪＡ対馬の職員にとって、西山はその苦しみから解放してくれる救い主のような存在であった。おまけにＬＡであれば、西山から実績を譲り受けることで、ＪＡ共済連から表彰まで受けた。西山軍団に入っていたＬＡの多くは、その表彰のおかげで、ＪＡ共済連から研修という名の海外旅行の褒賞を与えられてきたという証言がいくつもある。西山自身もまた周囲に、「共済連の褒賞で全世界を旅行した」と吹聴していた。

一方でＪＡ対馬にとっても、西山が長年にわたって圧倒的な営業の実績を挙げてくれていたことで、ＪＡ共済連から販売手数料に当たる多額の「付加収入」を得ることができた。

付加収入を主にしたＪＡ対馬の共済事業による年間収益は二億五〇〇〇万円程度だった。ＪＡ対馬の関係者によると、正職員の平均年収（賞与を除く）は三〇〇万円台である。仮に三五〇万円とすれば、付加収入でざっと七〇人分の人件費を賄えていたことになる。西山が亡くなった当時、ＪＡ対馬の職員数は嘱託と臨時も含めて八〇人程度だったので、ほぼ全人件費に相当するといっても過言ではない。

西山が共済の営業で実績を挙げてくれなければ、大幅なリストラをせざるを得ない。そうなれば、組織として存続することが難しくなる。

だから、ＪＡ対馬の職員たちが西山のおかげで給料をもらえているという意識を少なからず持っていたことは、想像に難くない。現に、西山の葬儀で縫田組合長が「西山のおかげで何年も職員の給料が出た」と発言したことは、すでに記したとおりだ。

対馬で人気の就職先といえば、ＪＡ対馬は真っ先に名前が挙がる一つだった。一九九〇年代に就職したＪＡ対馬の元職員が当時を振り返る。

「対馬の人たちが農協に対して持っている一般的なイメージは、とにかく経営が安定している、ということでしたね。自分が入った当時はボーナスも良くて、年収は市役所と変わらなかったんじゃないでしょうか。だから、私が入組した当時は、みんなからうらやましがられましたよ。対馬でほかに安定していた職場といえば、市役所と九電（筆者注・九州電力）くらいでしたからね。西山の件が明るみに出てからは、農協は評判も給料も下がってしまって、求人をしても人が来なくなりましたけど」

地元に残りたい理由は人それぞれ。長男だから家を継がなくてはいけないとか、両親の面倒をみなくてはいけないとか。あるいは地元の仲間と離れたくないとか、地元に貢献したいとかという人もいるだろう。そのうえ対馬で安定した職を求めている人たちにとってみれば、ＪＡは理想的だった。そうした職員たちにとって、西山という存在はありがたかったに違いない。

共済以外でも圧倒的な実績

さて、西山の異様とでも呼ぶべき営業力と組織における権力の根源を理解するには、以上の話だけでは十分ではない。なぜなら、彼は共済の営業を専門にするＬＡという立場にありながら、共済事業以外のノルマでも専属の担当職員の追随を許さぬほどの実績を残してきたからである。つまり、ＪＡが抱える各事業においてもほかの職員を圧倒することで、彼は自らの求心力と影響力を組織全体に広げていった。そこに西山の凄みがある。

各地のＪＡが職員に課している営業のノルマは、共済の商品だけにとどまらない。ＪＡによって違いはあるものの、次のような項目がある。

信用事業では、年金口座の開設や貯金の獲得、投資信託の販売など。

経済事業では、ジュースや茶、ＪＡ全農が扱う通年のカタログギフト「旬鮮倶楽部」の販売など。

さらに、ＪＡグループが発行する新聞と雑誌にもノルマがある。

前者は、私がかつて勤めていた株式会社日本農業新聞による日刊紙で、その媒体名も同じく『日本農業新聞』。

後者は、一般社団法人家の光協会（東京都新宿区）が発行する月刊誌で、多くのＪＡがノルマとしているのは三誌ある。すなわち、一九二五年創刊で同法人の顔ともいえる家庭向け『家の光』と、農業の担い手やＪＡの役職員向け『地上』、小学生向け『ちゃぐりん』である。

多くのＪＡは職員に、この三誌のなかから年間購読する雑誌を選ばせている。一部だけならまだしも、ＪＡによっては複数部、なかには一〇部の購読を義務付けているところもあると聞く。そうしたＪＡの職員の一人が私の取材に、「何部もあっても仕方ないので、みんなすぐに捨ててしまう。だから、みんなで『ごみの光』と揶揄《やゆ》しています」と辛辣に語ったことがある。

こうした物品のノルマをこなすだけでも、年間で二〇万円とか三〇万円とかかかるのが普通である。しかも実際には職員が必要としていない商品が多く、家計を苦しめるだけであるため、家庭内不和の原因になるという声をよく聞く。

実際に私は、ＪＡ職員の妻からも嘆きの声を寄せられたことがある。

「もともと農協の給料が低いうえに、自爆しているせいで、私に毎月渡される生活費がとても少なくて、とにかく苦しいんです」

そのため、この女性はアルバイトを始めたという。

ただ、夫は土日出勤が多いうえ、有給休暇も取れない。彼女は三歳になったばかりの娘の世話があるので、アルバイトには満足に出られていない。

「病院や美容院に行くのも我慢するくらいです。主人と結婚してからは、それまで貯めたお金を取り崩しながら生活をしています。それなのに、なぜ共済だけでなく、『日本農業新聞』や『家の光』まで取ることが義務なのか。農協のやり方には納得がいきません」

同じような不満を抱えているＪＡ職員の妻は、彼女だけではない。

ＪＡ対馬の関係者によると、同ＪＡでも金融事業のうち共済事業では共済の契約、信用事業では貯金の獲得、経済事業では自動車やスーツ、ソーラーパネル、電化製品や宝飾品の販売などでノルマがあった。

ただ、これまたほかのＪＡと違うのは、西山以外の職員はノルマを苦痛に感じていなかったことである。ＪＡ対馬の関係者が証言する。「西山は、いずれの実績もすごいっちゃね。ほとんど一人でこなしてたけ」

たとえばＪＡ対馬は、貯金の獲得について、支店ごとにノルマを課していた。ＪＡ対馬の関係者によると、その目的は、金融機関としての存在の大きさを貯金額で示すほか、支店の士気を高めることにあったという。

ノルマの締め切りは年末である。

もちろん西山はこれも楽々とこなせた。なぜなら、第二章で詳述したように共済事業で自然災害の被害を捏造することで、西山が上対馬支店で開設した借名口座と借用口座に巨額の金が入ってくるからである。

それに西山には、共済を営業した実績に応じた年収と、共済金の不正詐取によって築いた大きな経済力があった。彼はそれを原資にして、年末の貯金残高を達成できそうにない職員がいれば、これまた無償で手を差し伸べた。つまりは職員がノルマをこなすために必要な額を、自分が管理する口座からその職員の口座に期日までに振り込んでいたのだ。

「職員自身の貯金もノルマにカウントされるけんね。たとえば、西山の口座から一二月二五日に、三〇〇〇万円がボンッて感じで、職員の口座に入ってくる。年が明けて数日したら、今度はその職員の口座から三〇〇〇万円が西山の口座に戻される。要は年末の一瞬だけでも目標額に達したら、ノルマとしてカウントされるから、そうしてるだけ。そんなの、おかしかろうがと思うけど、支店でそれが認められてしまっているけん、なんも言えんちゃね」

さきほどのＪＡ対馬の関係者によると、支店で黙認されてきた理由は、共済と同じくノルマがあるためだ。

ノルマを達成した支店には、奨励金が配られる。ただし、その奨励金が職員の歩合給になるわけではない。ここが共済のノルマと異なる点である。

それなのに職員がノルマをこなすのは、上司や同僚から圧力がかかるから。奨励金は、忘年会や新年会を開催する元手にもなるため、職場ではノルマを達成せざるを得ない雰囲気が作られる。

経済事業の営業でも、西山は圧倒的な実績を挙げてきた。

ここであらためてＪＡの経済事業について詳しく説明したい。それは、大きく「販売事業」と「購買事業」の二つに分かれる。

販売事業とは、概して組合員である農家が作った農畜産物を農業関連施設に集荷し、規格に応じて選別してパックや箱に詰めた後、卸売市場や量販店に出荷する事業である。

購買事業とは、組合員が必要とする物品を共同で購入し、彼らに販売する事業である。物品とは主に、農薬や肥料、種苗といった営農に資する品々と、食品や衣料品といった生活に資する品々の二種類がある。

このうち、西山がその営業の手腕を発揮したのは後者である。より具体的に言えば、貴金属類や自動車、家電、スーツなどだ。彼は、共済の営業における圧倒的な実績で得た力をもって、経済事業でもその専任担当者すら追随できない実績を収めていた。

貴金属類を例に取りたい。

ＪＡ対馬は、毎年恒例で開催する展示会において貴金属類を大々的に販売する。場所は、上対馬町の東側の海を一望できる高台に立つ旅館「花海荘《かみそう》」が定番だった。結婚式場としても使えるほどの大広間を備えている、地域ではほぼ唯一といっていい施設だからである。

商品を用意するのは、山口県にある宝石店。会場では、その社員とＪＡの職員が顧客に付き添う。

顧客は特典付きの入場券を購入する。組合員によると、その値段は一〇〇〇円とのこと。職員は入場券の販売に加えて宝飾品の販売金額でもノルマが課せられている。

西山に懇願されて入場券を買った女性によると、手持ちの宝飾品を会場に持ち込めば無料で磨きなおしてくれるほか、簡単な修理もしてくれる。また、茶葉がプレゼントされたという。それだけで一〇〇〇円分の価値があるそうで、「とくに展示されている宝飾品に関心がなくても、特典だけのために来場する人は結構いた」そうだ。

ＪＡの職員は、宝飾品の営業でもノルマが割り当てられているので、会場で営業に力を入れなければならない。その実績に応じて支店には奨励金が入ってくる。これまた、忘年会や新年会の原資になる。支店によっては職員に現金で配当する。

ところが、西山は展示会を開催する前にすでに勝負をつけていた。あらかじめ顧客にカタログを配り、宝飾品を購入してくれるよう数多くの成約を取り付けてあった。

その顧客とは、大きく二つに分かれる。片方は、圧倒的な人数に上る共済の契約者である。そして、もう片方は、なんと西山本人だ。証言してくれるのは、ＪＡ対馬の関係者である。

まずは前者について。西山が獲得してきた契約は、捏造したものがある一方で、顧客が同意したものが圧倒的に多かったのも事実である。そうした顧客の中には、なぜだか宝飾品を買ってくれる人が多かった。

それから、不思議に思われるかもしれないが、西山にとって宝飾品の販売の上客は誰よりも西山本人であった。

そのことを理解するために、顧客が購入を決めてから商品が届くまでの流れについて説明したい。

顧客は、展示会で実物を見ながら、気に入った商品を買うのが普通である。あるいは、顧客にはあらかじめカタログを渡しておき、そのなかから欲しい商品があれば、事前に注文を受けておくこともできる。

来場した顧客には、その場で持ち帰ってもらう。

一方で重量物だったり、一点しかなかったりする商品については、後日配送することになる。その場合には、自宅に直接配送するか、担当した職員を経由して届けてもらうかを選べる。これは、事前に注文したものの、来場できなかった顧客についても同様だ。

商品の伝票には購入した顧客の名前に加えて、担当した社員と職員の名前も記す。職員の名前を書くのは、購入した金額に応じたノルマのポイントをその職員に付けるため。

ＪＡ対馬には、総売り上げの一部が宝石店から手数料として支払われる。

ただ、同ＪＡが西山の死後にその担当分の伝票を調べていくと、なんとも不可解な事実が出てきた。

購入した顧客に話を聞いていったところ、商品が届いていないという声が多く上がったのだ。それどころか、彼らは注文すらしていなかった。金を支払ったわけでもない。

つまりは、誰かが顧客に成りすまして宝石店に金を支払い、品物を受け取っていたのである。

その誰かは、西山自身だという。

とはいえ欲しい商品があるなら、自分で買えばいいはずだ。それなのに西山は、なぜわざわざ他人の名義を使うという奇妙なことをしていたのだろうか。

「自分の名義で多額の買い物をしていたら、怪しまれる。不正で得た金をばんばん使っているわけだから、気づかれて、金の出所なんか探られたくないわけ」（ＪＡ対馬の関係者）

ここまでの話を整理したい。西山が経済事業の一部門である購買事業においても、専任の職員以上の営業実績を挙げられた力の源はすべて共済事業にあった。共済の得意先を経済事業でも顧客にするだけではない。西山は自ら被害を捏造して多額な共済金を詐取し、それを財源に宝飾品やスーツなどを次々に買い求めていったのである。ＪＡ対馬の別の関係者はこう証言する。

「支店にはスーツのノルマが二〇着とか割り振られるけど、それを西山が一人でこなしていた。ほかのノルマもそう。ほとんど、やつがやっていた」

たまたま私が対馬を訪ねたときに、ＪＡ対馬の敷地内で自動車を販売する展示会を開いていた。ちょうど終わりごろだったからか閑散としているように感じた。ＪＡ対馬の関係者によると、この日に販売できた台数はわずか三台。しかも、ＪＡ職員がノルマをこなすために自爆営業をしたのだった。このＪＡ関係者は「西山さんがおったときなら、一〇台や二〇台なんか簡単に売れてた」と話していた。

西山はかなり早い段階から、購買事業での不正に手を染めていた疑いがある。それをにおわせるのは、第二章でも取り上げたＪＡ共済連の広報誌『ＬＡ　Ｎｅｗｓ』二〇〇二年九月号である。そこには、聞き手との間で次のようなやり取りが載っている。

――西山さんは共済だけではなくて購買事業でもかなりの実績を挙げていらっしゃるそうですね。

「私だけじゃなくて、糸瀬次長（上対馬支所）がどの事業に関してもすごい実績なんです。次長を見ていて、ＬＡだから共済だけやってれば良いのではなくてＪＡ職員だから何でもやることが大切なんだと感じました。そして、近づきたいと思いました」

この掲載誌が発行された二〇〇二年と言えば、西山がＪＡ対馬に就職して五年が過ぎたころである。おそらくは長年にわたって続いてきた不正の手口を、組織が気づかぬはずがない。ＪＡ対馬の関係者が続ける。

「農協としても、西山の不正に薄々気づいてはいた。ただ、対馬農協には被害がないし、西山はノルマをこなしてくれる。だから誰も口に出さんかったのよ」

繰り返しになるが、あくまでも共済金を支払うのはＪＡ共済連である。その多寡にかかわらず、ＪＡ対馬が経済的な不利益を被ることは一切ない。世間ではＪＡというと一緒くたに見られがちだが、実際はそれぞれの組織はまるで違う行動原理を持っているのである。

販売業者による特別な計らい

西山は、物品の販売業者にとっても福の神である。多くの顧客を引き連れてきてくれるだけでなく、多くの商品を自ら買ってくれるからだ。

だから業者もそれ相応の便宜を図る。JA対馬の職員は、一例として、出入り業者だった宝石店について次のように語る。

「あの宝石店が対馬で展示会を開けるのも、西山があれだけ売り上げを作ったおかげ。だから、西山が担当する分だけは、思い切り割り引くって。支店長が頼んでも大して割り引かんのに、西山のお客さんにだけは特別価格やったからね」

顧客にとってみれば、特別割引になるなら西山に担当してもらいたい。だから、彼のもとには顧客が次々に集まり、売り上げはますます増えることになる。

家電製品や自動車などについても同じである。西山は、これらの営業でも誰よりも実績を挙げてきた。

だからこそ、職員たちは西山に頭が上がらなかった。JA対馬不祥事第三者委員会の中間報告書には、〈テレビや車を顧客に売ってくれるので、本店購買部のａは感謝していた〉という証言が記されている。

組織を存続させるために生み出されたノルマは、いつしか非人間的な装置と化して、ＪＡの役職員を隷属させた。組織はいつしか体内を蝕《むしば》まれ、知らぬ間に骨抜きにされたのである。

ただ、すべての職員が西山の不正を黙認したり、その威風に靡《なび》いたりしていたわけではない。どんなに腐敗した組織にも、自らの良心に従い、勇気を持ってそれに抗おうとする人はいる。

第五章　告発

勘づいていた職員

第一章で触れたように、西山が不正をしているという疑惑が持ち上がったのは二〇一九年一月一九日である。

ただ、じつはそれよりもずっと以前に、彼が職務上おかしなことをしていることに勘づき、内部告発をしていた職員が少なくとも二人いた。いずれも西山の元上司である。

その一人は、小宮厚實《こみやあつみ》。

小宮のことを初めて知ったのは、取材に取り掛かったばかりのころだった。当時は手探り状態だったこともあり、対馬を訪ねる折にはどうしても会いたいと思ってきた。

とはいえ、その連絡先を知りたくとも、あいにく彼の地にはまるで伝手がない。現地で何とかするしかなかった。

二〇二二年一一月に訪れた対馬では、細い糸を一つひとつたどりながら、滞在期間の最終日にして、ようやくJA対馬の関係者から小宮の携帯電話の番号を教えてもらうことができた。電話をかけてみたところ、小宮はすぐに出た。しかも突然の申し出にもかかわらず、取材の目的を伝えると、「いくらでもお話ししましょう」と快諾してくれた。曇りのない明瞭な声が印象に残った。

ただ、「ちょうどいま、対馬にいないんです」とのこと。福岡市にある九州大学病院に入院しているという。

病状が定かではないので、訪問していいものかどうか一瞬ためらいを覚えた。それでも、やはりどうしても直接会って話を聞かせてもらいたかった。

そこで、あらためて面会したい旨を申し出ると、「どうぞ、お越しください」という。さらに、「見てもらいたい資料があるので、間に合えば用意しておきますよ」と付け加えてくれた。こちらの心の内を察してくれているような気がした。

それから、小宮にはどうしても伝えたいことがあるのだなとも感じた。自分勝手な言い方を許してもらえるなら、彼もまた私と会うことを望んでいるように思えた。

私はその日、ANAの最終便で対馬から福岡に渡った。同地では、当初予定していた取材先を回りながら、一週間ほど滞在した。小宮と病院で面会したのはその最終日である。

病院近くの店で昼食を済ませ、小宮から指定された場所に向かった。そこは病院内の廊下に置かれたソファである。この日はよく晴れ、窓からは秋の終わりのやわらかな光が差し込んでいた。

「コロナが心配なものだから、病室はまずいと思いまして」

そう言って現れた小宮は、声を出すのが少しだけ苦しそうであった。

後に知ったのだが、彼は肺がんを患っていた。治療に専念するため、この前年に、定年まで一年を残して退職したという。

小宮はソファに姿勢良く腰を掛けた。向かい合ってみると、病気のせいなのか、マスク越しでも頰がこけている感じが窺える。丸刈りに近いほど短く刈り込んでいる髪には、白いものが随分と交じっていた。

その外見のせいなのか、どこか修行僧のような佇まいを持っていた。一見すると静かで穏やかな印象であるものの、眼鏡の奥にある双眼からは、心の底から湧き上がっているかのような気迫が時折伝わってくる。

私はすぐ、あれこれ遠慮ない質問を重ねていった。

それに答える小宮の声は、本題に入るに従って張りが出てきた。そして、言葉は適度な抑揚を保ちながら、途切れることなくつむがれていった。

その無駄のない率直な物言いにじっと耳を傾けながら、やはり会って正解だったと思った。小宮の告白は、ＪＡ対馬の執行部が中心になり組織ぐるみで西山の不正を隠蔽してきたことを、内から明かすものだったからである。

目撃した捏造の現場

小宮によれば、ＪＡ対馬の上対馬支店は長年にわたり、実質的に西山の支配下にあった。西山は、あらゆる事業において他者の追随を一切許さない実績でもって、誰も彼の言動に歯向かえないような状況を作り出していた。

それを象徴するのが西山の机の位置である。彼の机は、支店の最も奥の上座ともいえる場所にあった。ＪＡ対馬不祥事第三者委員会は調査報告書で、〈その手前の隣にある小さな机が支店長の机である。これは、上対馬支店における故西山の地位の異常さを示している〉と記している。

小宮が、同支店に次長として赴任したのは二〇〇八年のこと。

じつは、その直前、西山については良からぬ噂をすでに耳にしていた。それは、勤務先の本店で残業をし、午後八時、九時になっていたときのこと。もう一人残っていた職員が、こう耳打ちしてきたのである。

「小宮次長、上対馬はおかしい。あそこだけ共済金の請求がえらい上がってくる。どうやら、支店ぐるみで不正をしようごとあるぞ」

だから小宮は警戒心を抱いたまま、上対馬支店に赴任することとなった。そして、実際に西山の仕事ぶりを間近に見ていると、確かにおかしなことはいくつもあった。

「LAは営業職ですから、外回りをしているのが当たり前なんです。ところが西山は、ずっと事務所にいました。それで何をやっているかといえば、携帯電話でお客さんと話しているくらい。それなのに、保障額にして多い月は四〇億円とか五〇億円とかいう実績を挙げてくるわけです。普通はそんなに取れませんよ。私なんか、どれだけ頑張っても月に五〇〇〇万円がせいぜいでしたから」

時には、顧客が支店に怒鳴りこんでくることもあった。知らないうちに契約が変更されているというのだ。

西山はそんな時、すかさず応接室という密室に連れていき、顧客をうまいこと納得させたうえで帰した。

「結局、支店全体を見渡せる位置に机を置いて外に出なかったのは、そのためでもあったんでしょう。怒って入ってきた顧客がいたら、すぐに気づけるように。支店で騒がれて、大きな問題に発展するような事態は避けたかったんではないですか。それにしても、応接室で何を話していたのでしょうか」

小宮が支店長に昇格したのは二〇一〇年。それによって、支店の業務を見渡せるようになった。

西山が不正をしていることに確信を抱くに至ったのは、二〇一一年に台風が来襲したときのことである。この時、ＪＡ共済連の担当者から事務所にいる西山に電話がかかってきた。

共済事業の司令塔を自任するこの組織のことは、今後その責任の所在を明確にしていくために、もう少し正確に示しておきたい。

ＪＡ共済連には、東京都千代田区平河町にある全国本部とは別に、各地にその出先機関の都道府県本部（ＪＡ県共済連）が存在する。全国本部で決めた事業計画を踏まえて、地場のＪＡにそれを実行してもらう音頭取りをするのが都道府県本部である。そのため、全国から人材を集める全国本部と異なり、都道府県本部の職員は地場のＪＡ幹部の縁故採用が多い。

このうち長崎県の出先機関はＪＡ共済連長崎県本部、通称「ＪＡ共済連長崎」と呼ばれているが、西山に電話をかけてきたのは、その担当者だ。

「向こうが『被害の状況はどないですか』と言うんで、西山は『二〇〇件くらいはありますね』と答えていました。でも、それはあんまりにおかしいんです。私は支店長だったから、管内の様子を把握するために上対馬町を巡回してみましたが、どうしたって被害は六、七件しかなかった。それが、いったいなぜ二〇〇件になるのか。西山はまず、本当に被害に遭った六、七件の請求を済ませました。そこからが、彼の腕の見せどころだったんです。無傷の家屋が被害に遭ったように写真を加工したり、過去の写真を再利用したりして、共済金の請求書をどんどんどこどんどこ捏造していったんです」

さらに西山が担当した過去の申し込みや請求の書類を調べてみると、ほかにもおかしな点が多数見つかった。

各書類には、支店長の決裁印が必要になる。ところが、自分が押印した覚えのない書類がいくつもあったのだ。

ＪＡ対馬では当時、共済関連の書類の押印はインクを内蔵したスタンプ印が認められていた。そこで西山は、歴代の支店長と同じ名前のハンコをそろえて、彼らが不在にしているときを狙って書類を偽造していったのである。

別のＪＡ対馬の関係者によると、ある支店長はそのことに気づき、銀行印を作った。ところが、西山はその支店長が不在にしているときにその銀行印を無断で借用して、申請書や請求書に押印していたという。

ＪＡ対馬不祥事第三者委員会の調査報告書によると、西山が自然災害の関連で請求書を出すことがとくに多くなったのは二〇一三年ごろから。台風の被害が増えたためだとしている。

確かに私自身もここ一〇年ほどの間、佐賀県や長崎県、また福岡県の筑後《ちくご》川流域にいる知り合いの農家たちから台風や豪雨の被害に遭ったことをたびたび見聞きするようになった。彼らの中には、以前であれば九州の東側を通ってから豊後《ぶんご》水道に抜けていた台風が、西側に進路を変えたためだという人がいる。

いずれにせよ台風が増えるという農家にとってはまったくもってありがたくない事態は、逆に西山にとっては勿怪《もっけ》の幸いだったのだろう。彼は、この気象の変化をとことん利用した。

西山の不正と横暴を暴露

小宮は、不正の実態をより丁寧に押さえたうえで、西山が「犯罪行為」をしているという内部告発をした。

九州大学病院で、その時に作ったという告発書を見せてくれた。私から会いたいという電話を受けた後、すぐに自宅から取り寄せたのだという。

告発書は、Ａ４判で二枚にわたっていた。いずれも、文章を作成するソフトで記した原稿を印刷したものである。

一枚目の文書は八等分に折られていた。全体的にシワシワである。折り目付近の文字は、一部が擦り切れているためにかすんでしまい、判読できないところがあった。小宮が長年にわたり、読み返しては畳んでしまうということを繰り返してきたことが窺える。それだけに、ここに書かれていることは、彼にとって切実な内容であることが察せられた。

この告発書は、〈はじめに〉として、まずはＪＡ対馬が置かれた危うい経営状況を概説していた。

いわく、共済事業への依存度が高く、総事業収益に占めるその割合は四七％に及ぶ。しかも、信用事業と経済事業が伸び悩む中、こうした傾向はますます強まっている。そうなると、共済事業を切り盛りする七人の「ＬＡ」に頼ることになる。このうち一人は、ＬＡのなかでも抜きん出た「ＳＬＡ」である。

告発書で追及する相手とは、まさしくこのＳＬＡにほかならないと記されている。名前こそ挙げていないものの、ＳＬＡが西山であることは、内部の関係者なら誰しもすぐに分かることである。

さらに読み進めるにつれ、小宮は相当な覚悟を持ってこの告発書を作り上げたことが分かった。組織において圧倒的な影響力と求心力を兼ね備えた西山を辛辣に批判しているからだけではない。続く〈第1章〉では、その矛先を容赦なくJA対馬の役職員、さらにはJAグループ全体にも向けていくからだ。以下、いずれも原文ママで載せていく。

〈共済事業実績の過半がSLAの挙績（筆者注・営業の実績を挙げること）でJA対馬の役職員はもとよりJA全共連長崎県本部（筆者注・JA共済連長崎のこと）の役職員まで彼の奮闘ぶりに敬服し喝采を送っている。いわばSLAの存在なくしてJA対馬の収支はとれないのである。ゆえに傲慢な態度にも皆、寛容さを示し、いつしか農協内部では天皇状態となっている〉

〈傲慢な態度〉という人物評は、これまで紹介してきた「とにかくおとなしい人」というJA対馬の外部の評判とは異なる。どうやら西山は、組織の内外で大きく異なる顔を持っていたようである。

さらに告発書では次のように、JA対馬が頼り切っているその人物の良からぬ正体を、役員たちに訴えようとする。

〈過疎地区にある厳しい現状の中で毎年高い実績を残しているのは脅威的である。さぞ昼夜を問わず訪問活動に邁進していると思われがちだが、さにあらず。共済の事務担当者と間違える

ぐらい事務所に在席し、時には窓口対応までこなしている〉

〈ではいかにして巨額の実績を挙げることが可能なのか誰もが疑問を持つはずであるが、職員はそこに触れてはならない。なぜなら、そこには緻密で巧妙なトリックが存在しているからである〉

〈この手口は定款・諸規程違反の範疇ではなく犯罪行為である。からくりの詳細については第3章で述べたい〉

一連の内容が何を意味するかは、すでに本書を通じて解き明かしてきた。

告発書では、西山が経済事業のうち購買事業でも多大な実績を挙げていることにも触れている。

〈では、ここまでこの男の横暴を許す源泉は何なのか。それは共済事業にとどまらず、購買事業を始めとする他事業まで農協職員として一見模範ともいうべきマルチな働きぶりだからである。全農長崎県本部（旧経済連）職員やメーカー社員との付き合い方は購買担当者と見間違うほどでLAの職務を超え、目を見張る活躍である〉

前後して、本書の第三章で取り上げた西山軍団の存在とその悪質な排他性についても暴露している。

〈このことにより支店内職員から共済事業以外の一般職員、管理職まで味方につけ、嫌悪な職

員を排除するなど間接的に扇動し、異論・反論を封じ込めている〉
〈直接・間接を問わず他職員から挙績数字を疑われる主旨の発言を聞くと静かに闘志を燃やし、仲間を募って排除にかかるという幼稚な一面も垣間見せる。彼の仲間とは毒饅頭（後述第3章）を配った職員であるから偉大なイエスマンと例えたほうが明解であろう。意に反する行動・言動をする職員の末路は異動である。通常どこの支店でも指摘・助言者はいるものだが彼の在籍する支店ではご法度になっており隠密同僚までいる始末。すごいというしかない。異分子は外に追いやり、自分の意に沿う職員を回りに囲い、支店内人事を掌握する。もはや驚き以外何者でもない〉

西山の座席が支店内のどこにあったかを思い出してもらいたい。確かに彼は、一職員にもかかわらず、支店の上座を占めるだけの強大な力を持っていたのである。

告発書では以上を踏まえて、ＪＡ対馬の役員だけではなく、ＪＡ共済連にも次のように警告している。いや、それはＪＡグループ全体に対するものであると受け取ったほうが正確だろう。

〈農協に対する貢献大だからといって犯罪行為は免罪符にはならない。むしろこのまま放置すれば本人の逮捕だけに留まらず組織的な犯罪とみなされ、ＪＡ対馬は新聞紙上を賑わすことにもなりかねない。組織的な犯罪はＪＡ対馬だけではなく全共連長崎県本部まで疑いの目が向け

られると覚悟した方がよいだろう。その代償は計り知れない〉

この警告は見事というよりほかない。それだけ小宮は、ＪＡ対馬の経営の状況と西山による不正の実態を正確に捉え、その職制にふさわしいしかるべき恐れを抱いていたといえる。

一方で、事件が発覚してからは、小宮が懸念したような、社会から組織的な犯罪とみなされるといった事態は起きなかった。これは、ＪＡグループが組織として自らの罪を隠蔽し、西山一人に全責任を擦《なす》り付けたからにほかならない。この点については、追って詳らかにしていく。

小宮は、このように西山とその軍団による不正と横暴の数々を明るみに出したうえで、続く〈第2章〉で批判の矛先を再び役職員に向けていく。

〈内部要因としては内部けん制・ＳＬＡ長期滞留など考えられるが、異を唱える上司・同僚が皆無によりけん制機能は失い、また異動は3年ほど前にしたが、わずか3ヶ月で元の職場へ復帰している。入組から在籍15年間同じ地区で同じ職場で同じ業務で替わることなく今に至っている。変わらないのは、異を唱える上司・同僚がいないことである。このような環境下、打ち出の小槌を右手に携え全国でも屈指の職員へと変貌したのである〉

私が読ませてもらった内容はざっと以上である。

告発書の二枚目は真ん中のところで切り取られ、下半分がなかった。この先には、西山の手口の詳細や西山軍団が食らった毒饅頭の中身が書かれている〈第3章〉があったはずである。

ぜひとも読んでみたかったので、小宮にそれとなく申し出てみると、「私情を交えて書いている個所が結構あるので、恥ずかしくて見せられないんです。すみません」とのこと。いや、むしろこちらが恐縮する立場だった。なにより、西山の不正がここまで赤裸々に内部告発されていたことで、JA対馬は組織として言い逃れできない責任を負っていることが判明したからである。

ありがたいことに、小宮にはその後も話を聞かせてもらうなかで、〈第3章〉に書いてあるという内容を直接教えてもらうことができた。それは本書の随所で記したい。

告発書やその後の取材で小宮から強く感じ取れたのは、不正を許さない強い気持ちと、自分が働いている組織を思う心である。組織のトップに立つ者たちは、果敢に告発をした職員を意気に感じなければいけない。

ところが、小宮の進言が受け入れられることはなかった。それどころか彼は、長きにわたり、このうえなく理不尽な仕打ちを受ける羽目に陥ったのである。

黙殺したという執行部と共済部長

小宮が告発書の写しを持って出向いた先は、当時の執行部の三人と共済部長の自宅だった。このうち留守にしていた桐谷安博組合長を除く三人に、告発書を直接手渡した。だが、彼らは厳正に対処するどころか、黙殺したという。

ＪＡ対馬は二〇二一年三月一一日に、同ＪＡの峰《みね》事業所の二階会議室で、不祥事件に関する賞罰委員会を開いた。

すでにこの時の執行部は西山を好き勝手させていた桐谷組合長をはじめとする三役が退いていた。新たな執行部の面々は縫田和己組合長、古藤俊泰専務、武末文弘常務である。

小宮は、縫田を議長とする賞罰委員会でも、告発書を渡した経緯について次のようなやり取りをしている。以下、その議事録の抜粋である。

古藤　その告発文書を渡した上席者や役員は、どのような対応をとったのか。結果を教えて欲しい。

小宮　上席者や役員の対応は、自分の考えていたものではなかった。その後も何もなかった。

古藤　自分としては、それ以上のことはしなかったのか。
小宮　それ以上はしなかった。これがＪＡ対馬の職場風土であると感じ、切ない思いをした。
（中略）
縫田議長　小宮職員から弁明がありましたが、10年前の行動については評価できるが、その時点で管理職としてもう一歩踏み込んだ協議がされていたら、今回の不祥事件が防げたかもしれない。その点を踏まえ、委員会で協議したいと考えるが異論はないか。
小宮　異論は、ありません。

縫田の最後の発言は、当時の事情を理解しているなら、非情というよりほかない。

ＪＡの組合長になる道は主に二つに絞られる。職員からの生え抜きの場合と、組合員から理事になった後に選出される場合とである。

縫田は後者。理事といってもＪＡの内部の事情には詳しくないのが普通である。とはいえ、そのことを差し引いても、縫田の発言は冷淡に過ぎると思う。なぜなら、ＪＡ対馬不祥事第三者委員会の調査報告書を読んでいたのであれば、西山を糾弾した小宮にはもはや組織内での居場所が残されていなかったことが分かっていたはずだからである。

つるし上げ

小宮は、内部告発する一方で、西山本人にも不正をやめるようたびたび牽制してきた。さらに、ほかの職員には西山に加担しないよう注意してもいる。

ただ、それを受け入れるような西山ではなく、両者の間には深い軋轢《あつれき》が生じた。結果、職場で爪弾きにされたのは、西山ではなく小宮だった。

「職場を明るくする会」――。

西山が小宮を排除するために開催した宴席である。小宮によれば、「明るくする」というのは、自分が西山を批判するせいで職場が暗くなっているという意味の当てつけの言葉だという。

集まったのは、上対馬支店の職員だけではない。中対馬支店にいた松村征彦支店長と本店購買部にいた斎藤正和部長も同席した。

参席者の多くは西山軍団だったようだ。小宮は賞罰委員会で、〈彼（筆者注・西山）は、当時からJA西山軍団なるものを形成して、私を反対《マ マ》する会を開催したと聞いている〉と話している。

もちろん、小宮は招待されなかった。ただ、会があることを耳にして、事情を知らぬまま参加しようとしたようだ。ＪＡ対馬不祥事第三者委員会の調査報告書には、小宮を思いやる女性職員が、この会で起きる事態を想定し、参加すべきでないと事前に進言していたことが書かれている。そして「職場を明るくする会」は、この女性職員が危惧したとおりのものとなった。

〈そこでの雰囲気は、共済契約は故西山に任せようという雰囲気で盛り上がったとされている。同支店の職員からみれば、小宮支店長の「つるし上げ」と感じたであろう。現に小宮氏は「自分のつるし上げの会だった」と証言している〉

西山を批判したことへの跳ね返りは、これだけで終わらなかった。左遷という、よりはっきりした形になってあらわれた。

「職場を明るくする会」の開催後に発表された二〇一二年度の人事異動。小宮は、職員が二人しかいない上県事業所の所長になる辞令を受け取った。

同事業所は、それまで小宮が支店長を務めてきた上対馬支店の下部に位置する。小宮は私の取材に、「明らかな左遷人事でした」と述懐している。

この一事から推察できるのは、一職員に過ぎないはずの西山が、ＪＡ対馬全体の人事に少なからぬ影響力を持っていたということである。もちろん小宮はそのことを熟知していた。既述のとおり、告発書では次のように記している。

〈意に反する行動・言動をする職員の末路は異動である〉

それを承知しながらも告発したところに、小宮の実直で毅然とした人柄が表れている。

小宮はその後、ＪＡ対馬の購買部長を経て、事件が発覚したときには監査部長を務めていた。だが、その実態といえば、「御用監査でおってくれというものでした」

ところが、小宮は専務と常務までが監査の対象という正当な認識を持っていたので、煙たがられた。結果、組織から事件の調査の詳細を知らされることはなかった。

それにしても、職務上しかるべき立場の人間が、事件が発覚するより一〇年近く前にこれだけの内容を組織に訴えていたことに驚かされたし、それが黙殺されてきたことを知り、暗澹《あんたん》たる気持ちになった。

聞きたいことは山ほどあったが、私はすぐに行かねばならなかった。福岡空港で飛行機に乗る時間が迫っていた。

私は去り際に、再び話を聞かせてもらう機会をいただきたいとお願いした。

「いつでもどうぞ」。小宮はしっかりした声で快諾してくれた。

私は、小宮の話やこれまでの取材を振り返りながら、西山の人物像については、いわゆる「田舎のヤンキー」という捉え方がぴったりなのではないか、と考えるようになった。

地元愛を持ち、家族や友人といった自分の身内は大事にする。さらにリーダーシップや団結力は強く、それと同時にその和を乱そうとするものは敵視して容赦なく叩きのめす――。「田舎のヤンキー」には一般にそんなイメージがあるが、そのイメージのとおり、西山は家族や自分に靡く職員には親切にしたり便宜を図ったりしてきた。とくに職員とは毎晩のように食事をともにすることで、団結力を強めていった。

一方で、小宮のように自分や軍団に歯向かう人間は、徹底して痛めつけて、はみ出しものにした。ヤンキーが眉毛を逆八の字型に整えるのは目つきを鋭くして、威嚇するためである。西山がそんな眉毛の形にしていたのは、自身に逆らう人たちににらみを利かせるためだったのだろうか。私は取材を進めるにつれ、「西山＝田舎のヤンキー」という認識をさらに強めていくことになる。

やりきれなさが残った取材

ところで私は、その後もたびたび対馬を訪れるなかで、小宮の後任の支店長である宮原安典にも会っておきたいと思った。当時の執行部が小宮を左遷した理由とその責任の重さについて、念入りに確かめるためである。

宮原は二〇一二年度から二〇一六年度まで上対馬支店の支店長を務めた。ＪＡ対馬は四年を任期の目安としている、と聞いている。事実なら、小宮と違って、彼はそれを無事に満了できたわけである。ＪＡ対馬の関係者らは宮原について、「歴代の支店長の中でも西山を好き放題にさせてきた人」と語っていた。

取材を始めた翌春、上対馬町にある宮原の家を訪ねた。

玄関前では、中肉中背の男が野良着姿で収穫してきたばかりの野菜を洗っているところだった。それが宮原だった。家の脇には家庭菜園があった。

私は突然の訪問を詫びたうえで、取材の趣旨と目的を伝えた。

宮原は西山をＪＡ対馬に入ったときから知っているというので、当時の印象から聞かせてもらうことにした。

　　　＊

――西山さんはどんな印象の人でしたか？

「なんか、農協に入ってきた当初から、さばけているなっちゅう印象はありましたね。髪の色は茶色で。数字を上げるに従って、だんだんと見た目が派手になっていきよったですね。農協の職員は普通、事務服かスーツで仕事に携わりますね。ところが彼は、私たちから言うたら普段着でしたから」

――数字を上げるために、西山軍団を作っていたと聞いています。

「気の合う、使いやすいメンバーを集めとった。全部で二〇人もおらんやろう」

――他の支店の人間も団員だったんですか？

「ええ」

――応援に来ていた？

「そうでしょうね」

――メンバーはどういう人でしたか？

「だいたいその当時の共済担当でした」

――亡くなられたときには、どんなふうに思われました？

「その前から、ちょくちょく情報が入りよったから。隠し切れんくなって、行き詰まったのかなと」

――どんな情報でした？

「西山が悪いことしとるよって」

――情報の出所は上対馬支店ですか？

「ええ」

――どんな情報が届いていました？

「それは、色々……。ああでもない、こうでもないという情報が複数の人から……」

――でも、支店の職員は西山さんの仲間だったんですよね？

「ええ」

――仲間が話していたのは、どんな情報だったのでしょう？

「詳しくは覚えていませんね」

――それほど昔のことではないと思うのですが。

「いや、あなたからすればそうかもしれないですが、私はほかのことで一生懸命やから、もう考えることがないので忘れてしまっとる」

――長く一緒に働いたかつての部下が亡くなったわけですから、そう簡単に忘れることができないのではないですか？

「確かに西山はかつての部下ですが、いまとなってはそこまで深く考えることはないです。退職したら、普段、当時のことが浮かぶことなんてないわけやから。今日は何をして、明日は何をしてくらいしか考えんわけやから。当時のことはもう忘れているですたい」

――どうしてですか？

「ど、ど、どうしてですかって言われても（大きな声になる）。自分には関係ないと思うちょるけんですね」

――あの事件が関係ないことだと言うわけですか？

「ええ」

――宮原さんが支店長だったときにも、不正は起きていましたね。

「（数秒の沈黙）いや、それは結果論ですよね。俺が支店長をやっとったときに起きてたんだなって思うくらいで、それ以上は深く考えんですよね」

――当時、西山さんの尋常ではない実績や彼の振る舞いに、不審を抱くことはなかったですか？

「私自身は西山を信用していたけん、放っておいても数字を上げてくれるけぇ。自分を楽にしてくれる、自分たちが何もせんでいいわけやけ。こん男に任せておけばいいと。誰でもそうじゃないですか、上に立つ人は。苦労せんでいいけ、これだったら任しておけばいいと。たいがいの人はそう思うんじゃないですか」

なんだかひどく疲れる取材となった。後味が悪く、なんともやりきれない気分が残った。

その後、宮原については今回の不祥事件に絡むとある噂を聞いた。そのほかにも確かめたいことがあったため、再び宮原家を訪ねた。ところが彼は私の顔を見るなり、「農協から口止めされたので、もうなんも言わん！」と叫ぶように繰り返すのみで、にべもなかった。

もう一人の内部告発者

小宮に先立つこと数年前、西山による不正の疑惑を指摘していた人物がもう一人いた。豊田脩二である。

豊田はＪＡを二〇二〇年に依願退職して、いまは別の仕事に就いている。私は彼にたびたび取材を申し込んでみたものの、「話すことはない」の一点張りで、あっさりと断られてしまった。

ただ、豊田が不正を糺《ただ》す行動を起こした当時のことは、ＪＡ対馬不祥事第三者委員会の調査報告書に記されている。文章の一部に解釈しにくいところがあるものの、それはおおむね次のような出来事であった。

豊田は、本店の共済部で共済の査定を担当していたとき、西山が担当した契約に違和感を抱いていた。西山が一人で処理した共済金の支払額が、ほかの支店の総額よりも多かったためである。

そこで上対馬支店に次長として赴任した際、西山に面と向かってその不自然さを指摘した。

結果は小宮の時と同じで、西山との間に軋轢が生まれただけであった。

それが災いしてなのだろう、豊田も直後の人事異動で上県事業所にLAとして飛ばされている。

この人事は異例だった。というのも同JAでは、LAに異動させる際には、その職員に承諾を得るのが通例になっていた。ところが豊田の場合には、それがなかった。

これに関して気になるのは、この人事が発令される少し前に、上県事業所の職員が西山にある相談を持ち掛けていたことである。その相談とは、次の人事異動で希望していないLAにさせられそうなのでなんとか回避できないか、というものだった。

LAは、ほかの職種よりもノルマが桁外れに大きくなる。西山に気に入られれば実績を分けてもらえるので、ノルマをこなすことは大儀ではない。ただ、この職員がLAになることを嫌がったのは、西山とそうした関係を保ち続けることに気苦労を感じたのかもしれない。

JA対馬不祥事第三者委員会は調査報告書で、豊田の降格も小宮の降格も、人事権を持っている人物に西山が働きかけた結果だと推察している。

では、その人物とは誰か。豊田が降格させられたのは吉野栄二組合長の時代、小宮が降格させられたのは吉野の後任である桐谷安博組合長の時代である。

さらに調査報告書には、〈JA対馬における人事権は、ほぼ組合長一人が握っていると認められる〉ともある。

私も同ＪＡの関係者に当たったところ、複数人から同様の意見を聞くことになった。彼らは一様に、吉野、桐谷という当時の組合長が西山の不正を糺そうとする職員を排除したと考えていた。

両者に共通するのは、西山がいかなる手段をもってしても活躍してくれなければ、組織として成り立たないというおかしな懸念だったと考える。この点に関しては、これから本書の各所で触れていくこととする。

二度目の告発

一度は左遷された豊田。だが、彼は諦めていなかった。

二〇一六年になり、上対馬支店に支店長として戻ってくると、西山が過去一年にわたって獲得した共済の契約を調べ上げた。

その一部に疑義があることを認めるやいなや、当時、本店の総務部長だった古藤俊泰と共済部長だった斎藤正和、代表監事だった扇千摩男に報告している。

ところが古藤と斎藤、扇の三人はいずれもＪＡ対馬不祥事第三者委員会の調べに、豊田から告発を受けたことについて、〈記憶がない〉と答えている。

当時共済部長だった斎藤に限っては、次のような証言をした。

それは、やはり二〇一六年ごろの出来事だった。斎藤は、台風の被害に遭ったということで上がってきた共済金を請求する書類のなかに、当該の家屋とは異なる写真が含まれていることを発見した。そこで現地を調査してみると、被害は確認できなかった。このため、書類を作成した西山には、当然のことながら共済金の請求を取り下げさせたという。

斎藤はこの直後から、西山には目を合わせてもらうことも口を利いてもらうこともなくなった、という証言を残している。仲間と敵をきっぱりと線引きする西山らしさがここにも出ているのではないか。

さらに同委員会は、この現地調査の時期が豊田が告発した時期と一致すると見られることから、〈豊田支店長（当時）の問題提起がきっかけになったとみるのが合理的であろう〉と結論づけている。

そのうえで次のように糾弾した。

〈豊田支店長の問題提起は、このようにして、故西山の不適正な共済金請求は発見されたものの、「不祥事件」としては扱われずに終わった。しかし、実際の被害者宅とは異なる写真を共済事故として流用していたという意味で違法というべきであり、上記のような内部的に取り下げさせるという扱いによって「不祥事件」として表面化することを回避したという意味では、

平成20年度の不適正契約問題と同じ姿勢で処理されたということができよう〉

まさに「違法」と呼ぶべき行為を「不祥事件」として扱わず、それ以上に深い追及をせずに済ませてきたところに、JA対馬の組織としての罪が表れている。

なお、この〈平成20年度の不適正契約問題〉については後ほど説明したい。

いずれにしても、豊田の度重なる告発は失敗に終わった。いったいどのような経緯があったのだろうか。

まずもってはっきりしているのは、当時、常務だった松村征彦が豊田に対して、次のような発言をしていたことである。

〈収益のためには目をつぶらなきゃいかん〉(JA対馬不祥事第三者委員会の調査報告書)

前述のとおり松村は、西山を告発した小宮を孤立させようとして開催された「職場を明るくする会」に、中対馬支店長だった当時参加した人物である。

こうした事実を踏まえると、小宮と豊田の内部告発をもみ消したのは、やはり執行部だったと考えるのが妥当のように思われる。

もし西山が自らの不正によって何らかの罪に問われれば、西山のみならず、彼が上げてくる共済の収益に頼りきっているJA対馬も組織として立ち行かなくなる。執行部はそんな事態に陥ることを恐れ、すべてをもみ消したのではないか。

「平成20年度の不適正契約問題」

この考えを補強するのが、ＪＡ対馬不祥事第三者委員会の調査報告書にも記載されていた〈平成20年度の不適正契約問題〉だ。これまた、西山が獲得した共済の契約に関して不正が疑われた事件である。

疑惑を指摘したのは、「西日本引受センター生命第7グループ」（以下、西日本引受センター）。ここは、契約を引き受ける最終的な審査をする、ＪＡ共済連の全国本部の一部署である。

西日本引受センターは二〇〇八年一二月四日付で、ＪＡ共済連長崎に依頼書を送った。その仕事の内容は、西山が担当した「生命共済」の契約について不正がないかどうかを確認することだった。

この契約は当初、二〇〇一年九月に成立した。この時に設定した保障額は三〇〇〇万円だった。

それが二〇〇七年二月になってから、保障額を一二〇〇万円に減額するよう変更されている。一年八カ月後の二〇〇八年一〇月には、保障額が五二〇〇万円に増額された。

それからわずか一カ月後の同年一一月、今度はこの契約を転換して、保障額を二〇〇〇万円に減額している。

ＪＡ共済の場合、これだけ短期間で契約の内容を変更したり転換したりするのは、顧客に不適切な契約をさせている疑いがぬぐえない。

というのも、ＪＡの職員は共済のノルマをこなさなければならない。その目的を達成するために、顧客を騙し、彼らに不利益となる契約の変更や転換を短期間のうちにさせる事態が横行している。

おそらく西日本引受センターは、西山が担当した生命共済の契約にそうした臭いをかぎ取ったことから、ＪＡ共済連長崎に確認を求めてきたのだろう。

そこでＪＡ対馬はまず、西山が担当した「生命共済」のほかの契約についても調べた。すると、同様の疑いがある契約として、二〇〇七年度分で七八件が、二〇〇八年度分で五七件が見つかった。合計すると一三五件で、その保障額にして四〇億円を超える。

この調査の結果を受け、ＪＡ共済連長崎が西山本人を事情聴取した。すると彼は、〈契約先は懇意にしている顧客であり、実績確保のためにお願いして契約してもらった〉と弁明した。いわく、ノルマを達成するためにやったことだと、調査をする側がいかにも納得しやすい答えを提示したわけである。契約者も同意しているという。

そこでＪＡ共済連長崎が契約者に確認したところ、彼らからは西山の言うとおりの回答を得た。

ＪＡ対馬は西山に、営業実績に応じて支払ってきた歩合給を戻させるとともに、〈訓諭〉の処分を下した。これは、懲戒解雇を最も重い処分とする「制裁」の対象外である。

少なくとも調査報告書を読む限りは、事態の大きさに対してＪＡ共済連の調査もＪＡ対馬の調査も西山の処分も随分と甘い印象を受ける。この時の手ぬるい対応が西山の不正を助長させたのではないかという見方をするＪＡグループの関係者は少なくない。

当時を知るＪＡグループ長崎の関係者に取材すると、当初は、監督官庁である長崎県に「不祥事件」として届け出ることも検討されていた。ところが、事態を大きくしたくないＪＡ共済連長崎がその必要はないと判断し、そう押し切ったという。

西山は「ＬＡの甲子園」の常連だったものの、わずか一年だけ出場するのを辞退している。それがこのときである。ＪＡ対馬が下した判断だった。

転勤三カ月で本拠地に

ＪＡ対馬は再発を防ぐ対策の一つとして、特定の職員が同じ部署や同じ業務に長く就かないようにすることにした。

これを受けて西山は二〇〇九年四月、勤め始めてから一度も離れることがなかった上対馬支店からの異動を命じられた。赴任先は厳原支店である。

これは、西山をその支配領域から追い出すための措置でもあった。

それまで西山が我が物顔に振る舞ってきた場所は、対馬のなかでも北部に位置する「かみ」と呼ばれる地域である。「かみ」とは旧上県郡のことで、合併して対馬市になる前の行政区域でいうと上対馬町と上県町、峰町がそれに含まれる。

一方で、南部は「しも」と呼ばれる。これは旧下県郡《しもあがた》で、厳原町と豊玉町《とよたままち》、美津島町がそれにあたる。

「かみ」には、上対馬支店以外にも佐須奈や峰に事業所があった。

それらの職場ではなく、「しも」に西山を赴任させたのはなぜか。それは、これを機に西山と契約者との悪しき関係を断ち切らせなければ、再び同じ問題を指摘されることを、当時の組合長である吉野栄二をはじめとする執行部が危惧したからではないだろうか。そうなれば、次こそ「不祥事件」に発展することになりかねない。

だが、西山を隔離したのはわずか三カ月だった。

同年六月の役員改選で、組合長は吉野から桐谷に代わった。すると、翌七月の人事異動で、西山は元の上対馬支店に戻されている。

組合長選挙での工作

決めたばかりの異動をご破算にするこの拙速な人事は、いったい何を意味するのか。

私は、初めて桐谷の家を訪ねた際、彼にはこのことも聞いていた。桐谷いわく、「本人が上対馬支店に戻してほしいというから、そうしただけったい。それがいまになって、良くない人事だったと指摘をされとるわけね。ばってん、俺は不正しよったことまでわからんしなぁ」とのこと。

さらに西山との関係についてそれとなく話を振ってみると、「ほとんど付き合いがなかったので、よく知らない」と、肝心なことははぐらかす。事件に詳しいある人物から事前に聞いていた、「たぬき親父」という前評判のとおりの印象を受けた。

桐谷にはいじわるだったが、私はすでにこの時、二人の関係が浅いものではないことを知っていた。むしろ、それは分かちがたいほど深いものだった。

そもそも桐谷が二〇〇九年に初めて組合長になれたのは、西山のおかげである。

ＪＡ対馬不祥事第三者委員会の調査報告書には、当時の組合長選挙について次のような一文がある。〈故西山の地元の上対馬の地域代表が故西山の運動で桐谷票を投じたために一票差で組合長に選出されたと言われている〉。これに関して、当の桐谷が否定しなかったことも記されている。

私も取材を始めてからあらためてＪＡ対馬の関係者に確かめたところ、事実として間違いないという回答だった。

組合長になると、ＪＡから役員報酬が支給されるだけではない。一般的には、ＪＡ中央会やＪＡ全農、ＪＡ共済連といった上部団体やそのほか関連団体の役員になる。もちろんそれぞれで報酬が支払われる。

さらに組合長は出張も多くなる。ましてや日本一のＬＡを抱えている組合長ともなれば、なおさらだ。出張すれば、そのつど、その手当が懐に入り込む。桐谷自身、視察で国内外を旅行することがたびたびあった。

西山が日本一のＬＡであることは、桐谷にとっても大きな意味を持っていた。ゆえに、西山の座を脅かす者がいれば、排除しなければならなかった。一方で、西山に日本一のＬＡであり続けてもらうには、その周りを彼に従順な職員で固める必要があった。

ＪＡ対馬不祥事第三者委員会の聞き取りに対し、複数の職員は〈故西山と桐谷前組合長は親密な関係にあり、人事異動の時期になると故西山ＬＡと桐谷前組合長と《ママ》面談を行っていた〉と打ち明けている。

ただ、そうなると、一つ疑問が生じる。そもそも桐谷は、なぜ小宮を上対馬支店に赴任させたのかということである。鋭い観察力と強い正義感を持った小宮なら、西山の不正に気付き、やがては彼と衝突することになるのは目に見えていたのではなかったのだろうか。

そんな疑問をJA対馬の関係者に投げかけてみると、「ほかに適任の人材がなく、やむを得なかった」という答えが返ってきた。

対馬の人々は、北部を「かみ」と、南部を「しも」と呼ぶことはすでに述べた。

JA対馬では、上対馬支店のように「かみ」にある支店や事業所には、基本的に「かみ」の出身者をあてがう習いになっている。「しも」は、この逆になるという。

理由は簡単である。地元の出身者のほうが、地縁や血縁を活かして営業しやすいからだ。これは、各地のJAも似たような状況である。

小宮の出身地は「かみ」だった。

このJA対馬の関係者が証言する。「そもそもうちの農協は人員が少なく、正職員だけなら五〇人もいない。おまけに小宮が上対馬に異動したころには、年齢や役職などの点で、ほかに『かみ』の出身者で赴任させられる職員がいなかったんだ」

上対馬支店に小宮を赴任させた結果は、つまびらかにしてきたとおりである。

こうしてみてくると、桐谷と西山の蜜月の関係が事件の発覚を遅らせたと考えるのが妥当ではないか。

西山の不正が明るみに出たのは、組合長が桐谷から縫田に代わってから。ＪＡ対馬不祥事第三者委員会はその調査報告書で、〈ＪＡ対馬の現組合長が就任し執行部が入れ替わったことによって、故西山の不正を内部告発しやすい環境になったためであると考える〉と記している。

小宮が不正について知ってからじつに一〇年以上の年月が過ぎていた。

第六章　責任

「総辞職すべき」だったＪＡ対馬の執行部

取材を始めたばかりの二〇二二年一一月、私はＪＡ対馬に質問状を送っていた。今回の不祥事件には、西山以外にも関わっている人物がいるのかどうか、ということについてである。返事は次のとおりだった。

〈当不祥事については、既に故西山義治氏に対する刑事告訴を行っており、ＪＡ対馬としては、故西山義治氏の単独による犯行と認識しております〉

ただ、ここまで記してきたとおり、この回答書の内容は事実とは信じがたい。ＪＡ対馬の職員だけでなく役員までもが、西山の不正に多少なりとも関与していたのではないか。さらには西山と同じく、共済絡みの金を直接的、間接的に得た人は数多いという証言は多数ある。

当該の職員たちはＪＡ対馬不祥事第三者委員会やＪＡ対馬の事情聴取に対して、意図的であることは否定したものの、職務上の監督や管理の責任において過失があったことは認めた。そして、彼らの多くは、ＪＡを退職するに至っている。組合長だった桐谷安博をはじめとする前執行部も、「任務懈怠責任」を追及されているところである。

桐谷よりも前の執行部の時代にも、西山が不正を働いていたことは、数々の証言を踏まえれば間違いのないところだ。このうち桐谷の前任の吉野栄二は、内部告発をした豊田脩二を降格させた。加えて、第五章で取り上げた〈平成20年度の不適正契約問題〉で調査報告書を理事会に報告せず、幹部の職員や共済の担当者に周知することもしなかった責任は逃れえない。

このため同委員会は、〈ＪＡ対馬における内部統制の欠如をもたらした責任は誠に大きく、桐谷前組合長に次ぐ重い責任があるというべきである〉と批判している。

ＪＡ対馬はこの調査報告書を踏まえて、賞罰委員会を開催。役職員や理事の責任を明確にし、再発の防止を誓った。

さらに、ＪＡグループ長崎で非常の事態に備えて積み立ててきた「ＪＡバンク支援基金」から、約一四億円に及ぶとされる財政支援を受けた。以上をもって、ＪＡ対馬は新しい船出をしたことになっている。

だが、果たしてすべてが明らかにされ、その反省を基にして事態は改善へと向かっているのだろうか。ここまで取材してきた私には、とてもそうは思えない。

現体制の役職員は負うべき責任を追及されぬまま、何事もなかったこととして済まそうとしているのではないか。はたまたＪＡ共済連や農林中央金庫、ＪＡ中央会といった上部団体はどうだろうか。彼らは、何も知らなかったと言い逃れできるはずもない。

表沙汰になっていない出来事をたどっていくと、ＪＡグループもまた、大きな組織にありがちな隠蔽の体質と腐敗の構造から抜け出せなくなっていることを知らされることになる。


まずは、ＪＡ対馬の責任を追及したい。

あれは、小宮厚實から二度目に話を聞かせてもらっていたときだった。私がしきりに桐谷体制の責任を聞くので、しばらくそれに答えてくれていた小宮だったが、途中でそれをさえぎるようにして、もう一つ見るべきことを教えてくれた。

「いや、でも現執行部にしたって、不祥事件が発覚した段階で総辞職すべきほどの責任を負っているんですよ」

現執行部とは、二〇一八年六月の役員改選から組合長を務める縫田和己と専務の古藤俊泰、常務の武末文弘を指す。

小宮によると、西山が私腹を肥やす不正に「アクセルを踏み込むようになった」のは、まさに現執行部による新体制が始まったころからだった。ちょうどこのころ、西山は不動産への投資に力を入れていた。不正の規模が大きくなっていたにもかかわらず、それを見抜けなかったこと自体に、重大な責任があるというわけである。

迂回融資を受けた総務部長

小宮が現執行部の総辞職を主張する理由はもう一つある。それは、「解雇に等しい」という罪を犯した永尾好史の責任を追及し切れなかったことだ。

小宮をはじめJA対馬の関係者らによると、永尾は西山とは昵懇の仲だった。それだけに、不正を知らなかったはずはないという。

JA対馬が二〇二一年三月一一日付で作成した「不適切融資及び当事者の関与した事務処理に対する経緯」と題する内部資料では、永尾は厳原支店長だった当時、西山の不正に対する監督が怠慢だったことについての責任を問われている。西山は厳原支店でも借名口座を開設するほか、借名口座や借用口座を使って共済絡みの金を流用したり、金を引き出したりしたからだ。

ただ、JA対馬の関係者らは「監督が怠慢」どころか、「永尾は不正に加担していた」と証言している。

さらに小宮が問題視したのは、永尾が西山から二六〇万円とされる不正な融資までも受けていたことである。

それが発覚したのは、西山が亡くなってしばらくしてからのこと。男性職員が、西山が名義人になっている口座の金の動きを調べ直した。すると、西山が対馬で仕事をしていた日に、なぜだか島外の観光地にある現金自動預払機（ＡＴＭ）で、その口座にキャッシュカードを使って入金された記録があった。

この日、その観光地ではＪＡ共済連長崎が県内のＪＡの支店長を集めた研修会を開いていた。ＪＡ対馬からそこに参加していたのが、永尾だった。

男性職員は、ＡＴＭを利用しての入金と出金の記録も調べることにした。確かめたのは、ＡＴＭの本体に備え付けてある監視カメラの映像である。そこに映っていたのは、まぎれもなく永尾だった。

以上の証言をしてくれたＪＡグループの関係者によると、ＪＡ対馬の役職員がＡＴＭの本体に監視カメラがあることを知ったのは、この時が初めてである。本来であれば防犯のためにＡＴＭコーナーの一角に監視カメラを備え付けておくべきであるのに、当時はそれがなかった。西山の口座を悪用する人物を突き止めるために、あれこれと方法を調べる中で、ＡＴＭ本体の監視カメラの存在を知ったのだという。この一事だけでも、ＪＡの信用事業の杜撰さが窺える。

先ほどの内部資料によると、永尾は西山に資金を融通してくれるように頼んだ。すると西山から、共済の契約を担保に貸付をしてもらうことになった。

まさにこの不正融資に使われたということで私がJA対馬の関係者から入手した貸付金借用証書によると、西山がその手続きを済ませたのは、二〇一八年八月二三日。利息は年三・四九%、完済期日は二〇二三年八月二一日に決まった。

以後、永尾は西山からキャッシュカードを預かり、毎回の引き落とし日までに必要な額をその口座に入金していた。

西山が亡くなった後、その口座は事故登録扱いとなった。そこで永尾はすぐに西山の妻はるみに事情を説明し、キャッシュカードを返却している。

この迂回融資が無視できないのは、西山の不正とも大いに絡む疑いがあるためだ。

永尾がほかの誰でもなく西山に金の融通を頼んだのは、「二人がギブアンドテイクの関係にあったから」。そう証言するのは小宮厚實である。

繰り返し述べてきたように、西山はたくさんの借名口座や借用口座を作った。そして、それらの口座に共済絡みの不正な金を入れ、出金し、私腹を肥やしてきた。一連の事務の手続きや出金の処理がなされたのは上対馬支店と美津島支店、それから永尾が支店長を務めていた厳原支店だったという。

小宮は、「永尾は西山から迂回融資を受けたもんだから、あれこれ無理を言われても、断れなかったのだと思います」と推察した。

永尾は、迂回融資を受けたことに加えて、支店長として西山の不正に対する監督が怠慢だった責任を問われ、次のように答弁している。

〈弁明については一切ありません。管理者として軽率かつ非常に不適切な行為に及び大変申し訳なく思っております。どのような処分もお受けいたします〉

人材不足を理由に隠蔽

迂回融資が発覚した当時、監査部長だった小宮は、これは懲戒解雇に相当する問題だと追及した。ところが、組織は事態を大ごとにすることを避けたという。

「対馬農協は、農協の監査機関である中央会と相談して、迂回融資として問題にするのではなく、西山個人から借りたものだとして穏便に収めるようにしたんです。対馬農協がそんな力技を使わざるを得なかったのは、人材がおらんから。永尾がいなくなれば、組織として体制を組めなくなるから、退職させるわけにはいかんと。私は、それを聞いてびっくりしましてね。迂回融資なんて、普通の金融機関であれば懲戒解雇ですよ」

永尾はJA対馬にとどまった。それどころか、後に総務部長に昇進した。この人事に疑問や反感を持つJA対馬の関係者は少なくなく、それを理由に将来を悲観して辞めた職員もいると聞いている。

事務の処理で不正や背任が疑われ、少なくともその管理に怠慢があったことを認めた職員を、すぐさま、それもあろうことか総務部長に据えるというのは、世間の常識からすれば信じられない人事である。

一連の出来事に目をつぶったという一事をもってしても、現執行部の責任は重い。永尾は幹部候補だ。だが、あるJA対馬の関係者は、「その罪の大きさからしてふさわしくないのではないか」と疑問を投げかけている。

JA対馬の関係者によると、永尾以外にも西山から迂回融資を受けていた役職員は複数いる。西山の母梅子も、「専務か常務だった人にまで金を貸していたと、息子が話していましたね」と記憶していた。

このJA対馬の関係者によると、西山から金を融通してもらっていた役職員たちは、それがために西山の不正に加担するか黙認するよりほかなかったという。

責任の所在を明確にできなかったJA対馬は、今回の不祥事件を反省するどころか、過去のものにしようとしている。ノルマは残り、経済事業の立て直しは先送りになったままだ。現執行部の中には不祥事件について、「もう終わったこと」と平然と口にする者すらいるという。これらの証言をしてくれたＪＡ対馬の関係者は、「役員がそんな体たらくだから、職員もコンプライアンスを守ろうという意識が低い感じがする。だから、不正がいつまた起きてもおかしくはない」と憂えている。

なお、迂回融資の事実について確認するため、ＪＡ対馬に質問状を送ったものの、〈個人情報に係ることなので、回答は差し控えさせていただきます〉という決まり文句が返ってきただけだった。

機能しなかった中央会監査

今回の不祥事件の責任が及ぶのは、長崎県内のＪＡを監査する役割を持つＪＡ長崎県中央会も同じである。

ＪＡ対馬の関係者によると、事件発覚後にＪＡ長崎県中央会から同ＪＡに出向して経営再建に携わった男性職員は、第五章で取り上げた〈平成20年度の不適正契約問題〉を黙殺した人物でもあるという。

いま一度その概略だけを説明したい。

この問題は、ＪＡ共済連の全国本部の一部署である西日本引受センターが、西山が担当した「生命共済」が短期間のうちに内容の変更や転換がなされていることに疑問を抱き、調査するようＪＡ共済連長崎に依頼してきた件である。結果的に同様の疑いがある契約は二〇〇七年度分と二〇〇八年度分で計一三五件、保障額にして四〇億円を超えた。

これらの契約の変更や転換に関して、西山はノルマを達成するためであったと弁明した。ただ、それは数々の不正を隠蔽するためであった。

小宮によると、彼が上対馬支店長から上県事業所長に降格された年に、その男性職員がＪＡ長崎県中央会の監査の担当として来島した。その際、この一件について改めて電話で聞いてきたので、「問題の裏には、長年続いてきた不正があります。よう調べてください」と繰り返し依頼したという。

小宮は、その後の展開を期待した。ところが、またもや表沙汰になることはなかった。彼は当時を、怒りと落胆が入り交じった声でこう振り返った。「まるでかすりもしなかった。あの時に、これは駄目だなと強く思ったことを覚えとります」

そんな男性職員は、事件が発覚すると、ＪＡ対馬に出向して賞罰委員会を構成する一人となった。そして、上対馬支店長時代の小宮の責任を追及する側に立った。小宮は、とりわけこのことに憤りを抱いていたようで、私に憤りと哀しさが交ざったような声でこう語った。

「私は、世間体のために責められるべき必要があったのでしょう。ただ、いまの執行部や男性職員たちに懲罰を審議されたくはない。それが私の率直な気持ちでした」

小宮がＪＡ長崎県中央会の監査に疑いを持つようになった出来事は、これだけではなかった。ＪＡ対馬を監査していたのは、実質的にはその資格を欠く職員だったと証言した。

「じつは中央会には、もともと対馬農協の職員で、その時に西山軍団の団員だった元同僚がいるんです。あることがきっかけで中央会に移籍し、いまは長崎市に住んでいるとか。西山が研修なんかで向こうに行けば、長崎の銅座《どうざ》っていう、東京で言えば銀座に当たる繁華街でどんちゃん騒ぎをするほどの仲でした。そんな元同僚が中央会でＪＡ対馬を監査していたのですから、不正を暴けるはずがないんです」

ＪＡ対馬の関係者によると、彼は二〇二三年四月に、ＪＡの指導機関であるＪＡ長崎県中央会からＪＡ対馬に出向し、不祥事件の後始末と経営再建の先頭に立った。

一連の事実についてＪＡ長崎県中央会に質問状を送ったものの、〈本会の服務規定に反することから回答を控えさせて頂きます〉という返事だった。

ＪＡ対馬には、小宮が話した「元同僚」がＪＡ対馬の元職員であるかについて尋ねたものの、〈個人情報に該当するため回答は差し控えさせていただきます〉といういつもの回答が返ってきた。

出金伝票の代筆を黙認

西山の不正を見て見ぬふりをしたという意味では、ＪＡグループで信用事業を司る農林中央金庫もその責めを逃れられない。

西山は上対馬支店だけでなく、厳原支店や美津島支店でも借名口座や借用口座に入れた共済絡みの金を不正に引き出していた。すでに記したように、それらの口座の名義人に無断で出金伝票に代筆をしたのは一部の職員たちである。ＪＡ対馬の関係者によると、名義人ごとに代筆を担当する職員が割り振られていた。

それらの署名を丹念に見ていけば、異なる名義人なのに筆跡が同じであることに気づくはずである。ＪＡ対馬では、少なからぬ職員が知っていることであった。

それは、農林中央金庫も例外ではない。

農林中央金庫の長崎支店からは担当者が毎月、県内のＪＡを訪ねる。信用事業の運営や経営の状況を調べるためである。

ＪＡ対馬の関係者らによると、このうちＪＡ対馬を担当する職員は、異なる名義人なのに同一の筆跡があることを見抜いた。だが、それを表沙汰にすることはなかった。これが事実とすれば、もしこの職員が告発していたら不祥事件はもっと早く発覚していたことになる。

農林中央金庫にこの疑惑について質問状を送ったところ、「承知しておりません」という回答だった。

このほか農林中央金庫には、西山が借名口座や借用口座を作った点において大いに責任がある。とくに職員が名義人から通帳や印鑑を預かる借用口座に関しては、ほかのＪＡでも横行しているが、いまだに解決していない。

ＪＡ対馬の不祥事件においては、農林中央金庫の過失は深く問われることはなく、共済事業だけの問題として片づけられた印象である。

ＪＡ共済連が西山をけしかけたのか

ＪＡ対馬の不祥事件に関する上部団体の責任について、ここまでＪＡ長崎県中央会と農林中央金庫に言及してきたものの、やはりＪＡ共済連が最も責任が重いのではないか。

そもそも西山が日本一のＬＡであり続けられたのは、ＪＡ対馬だけではなく、ＪＡ共済連とも強い共存関係を築いてきたからである。ゆえに西山の不正は看過されてきた。

ここで強調したいのは、ＪＡ対馬の関係者によると、この共存関係を望んだのはＪＡ共済連の全国本部ではなく長崎県本部、すなわちＪＡ共済連長崎であるということだ。両者は、ＪＡ共済連という組織として表向きは一枚岩でありながら、内実は異なる。

第四章で概説したとおり、もともと全国段階と都道府県段階で別々に存在していた組織を二〇〇〇年に統合した。

ただ、一部の県のＪＡ関係者が語るところによれば、いまだに旧来の組織体制を引きずったままである。すなわち人材の採用は別々であり、人事交流は盛んではない。人材の採用については、全国本部と違って都道府県本部では縁故採用が主流である。地場のＪＡ幹部や有力な組合員の子弟を優先的に雇う。このため、悪く言えば、都道府県本部ではＪＡとの癒着が生まれやすい。

加えて、全国本部と都道府県本部は事業の運営において主従的な関係にあるといえる。ノルマに限っても、全国本部が決め、都道府県本部はそれに疑問をさしはさむことなくただ受け入れるしかない。ある県本部の職員は私の取材に、「少なくともＪＡ共済連という組織では、都道府県本部が全国本部に自由に意見や要望ができる仕組みはありません。過去の経験からしても、ＪＡや県本部の意見とか要望などで何かが改善されたということはありませんでした」と、自らの組織への批判を聞かせてくれた。

以上の理由から、都道府県本部は全国本部から与えられたノルマを、都道府県内のＪＡになんとかこなしてもらうしかない。この点において、ＪＡ共済連長崎にとって西山はかけがえのない存在だった。それを証言するのは、前組合長の桐谷安博である。

桐谷によると、長崎県ではＪＡ共済連からＪＡに支払われる付加収入は、年度始めから月を追うごとに漸次減っていく仕組みになっている。とくに第４四半期の一月から三月の付加収入は微々たるものだった。つまり、ＪＡにとっては、達成するのは早ければ早いほど実入りがいいわけである。

そこで桐谷は組合長になったときに、一〇月までに年間のノルマを達成する目標を掲げた。これには、残業代を減らす目的もあった。

桐谷は、もともと労働組合の委員長。職場改革に取り組む中で問題に感じてきたのが、無駄に思える残業だった。

「対馬は田舎じゃけん、家に帰ってもおもしろくないでしょ。だからダラダラと仕事をして、残業代をもらおうとする職員が多い。共済のノルマにしても年度末までダラダラやるのではなく、前半で攻めていこうやとメリハリをつけようということ」

一〇月までにノルマをこなす目標は、すぐに実現できた。もちろん、その立役者は西山である。

「西山は、実績をこなすために忙し過ぎて、飯も食いよらん。だけえ、せめてノルマを達成した後は無理させんなよ、とずっと言ってきよった」

西山の不正が起きていた時代の組合長としては、なんとも微妙な言葉遣いではある。西山は、一〇月どころか年末年始近くになっても忙しく、土日や祝日に出勤することも多々あった。ただし、それは台風の被害を装い、共済絡みの金を不当に得る書類を偽造するためであったとされる。

JA共済連長崎は年明けになると、年間のノルマを達成するのに切羽詰まることがたびたびあったことから、西山に対し営業に一層精を出すよう頼んできたそうだ。桐谷は、「『西山君、どげんかならんか』って、共済連長崎の職員が直接電話してきよったですもんね」と振り返る。

西山のもとにそんな電話がかかってくるのは、長崎県全体でノルマを達成する進捗の状況が計画より遅れている場合である。JA共済連長崎もまた、JA共済連の全国本部から課せられるノルマを背負っている。それは、是が非でもやり遂げなければならない。県内を見渡して頼りになるのは、一気に実績を挙げられる西山である。だから、JA共済連長崎は指示命令系統から逸脱する行為であることを承知のうえで、西山に直接泣きついていたのだ。

上対馬支店の異常な「失効・解約率」

ＪＡ対馬の関係者らは、西山にはＪＡ共済連長崎の懇願を断れない理由があったとみている。それこそ、一連の不正に目をつぶっておいてもらうということである。

西山が在籍していた上対馬支店の実績は、上がってくるさまざまな数字を見れば十分に疑わしいものだった。

たとえば第二章で詳らかにした手口では、短い期間で解約新規や転換を繰り返すことが欠かせない。そうなると、上対馬支店では自然と解約する割合は高くなる。

事実、ＪＡ対馬では、二〇一二年七月二四日に開催された理事会で報告された各支店の「失効・解約率」は、次の通りだった。

厳原支店　三・一％
美津島支店　三・七四％
中対馬支店　四・二四％
上対馬支店　一一・〇五％

上対馬支店だけが、ほかの支店よりも飛びぬけて高い。

この報告を無視した当時の理事に責任があると考えるのは当然として、同時に、支店別の「失効・解約率」の報告を毎年度受け取っているはずのJA共済連長崎もその責から逃れられないはずである。

JA対馬不祥事第三者委員会も調査報告書で、JA共済連長崎は上対馬支店の異常な「失効・解約率」を認識したはずだと指摘。「失効・解約率」が高いということは、締結された契約に無理があったこと、すなわち顧客満足度が低いことを窺わせる指標である。このため、「失効・解約率」の高さに照らして、「Fiduciary duty（フィデューシャリー・デューティー）」として次の三点を探求すべきだったと主張する。なお、金融庁の定義によると、「Fiduciary duty」とは、「他者の信認に応えるべく、一定の任務を遂行する者が負うべき幅広い様々な役割・責任の総称」を指す。

①上対馬支店の共済金請求が多いのはなぜか（自然環境だけが理由か）
②年度末には生命共済が急増する背景事情は何か
③契約者直送率が低いのはどのような地域的人的事情があるか

③の「直送率」とは、ＪＡ共済連が契約者に申込書や支払いの通知書を直接送るように設定した割合のことである。第二章で取り上げたように、西山は不正を隠蔽するため、これらの書類が契約者のもとに直接届かないようにしていた。

同委員会は、〈共済連はこのような観点からの責務を果たしたとはいえないであろう〉と結論づけている。

さらに二二億円超という損害金額を出したことについても、その責任のいったんはＪＡ共済連にもあるのではないか。たしかにそれは、西山らが見積書を偽造したり、被害に遭った家屋の写真を転用したりした悪事が招いたことだ。ただ、そうはいっても、「適切な共済金額であると判断するのは共済連なので、うちの組織に責任があるのは明らか」。こう主張するのは、それこそＪＡ共済連の現役職員である。彼は自らの組織を、「都合が悪いことには知らんぷりを貫く体質ができあがっている」と批判する。

秋からは「ひとの共済」に注力

ＪＡ対馬不祥事第三者委員会が指摘した通り、上対馬支店には不正の存在を疑わせる不審な点がいくつもあった。

それでもＪＡ共済連長崎が長年にわたって看過してきたことについて、ＪＡ対馬の関係者は「見過ごす代わりに、実績を挙げてくれということだったのでしょう」と推察する。

ただし、西山が年明けに実績を挙げようとした場合、第二章で詳らかにした手口は使えない。台風による家屋の被害を捏造しようにも、台風そのものが発生しない時期に入ってしまっているからだ。これでは、さすがの西山といえども、いかんともしようがない。

そこで、西山はどうしたか。ＪＡ対馬の関係者によると、ＪＡ共済が扱っている「ひと・いえ・くるま」という三つの共済商品のうち、「ひとの共済」、中でも「生命共済」で実績を挙げることに力を注いだ。

これは、死亡時や所定の重度要介護状態の時に保障する「終身共済」や、入院や手術を保障する「医療共済」といった、人の生命に関する一連の共済を指す。

その契約は顧客に無断で偽造したものである。

掛け金は西山が用立てた。原資となったのは、これまた「建物更生共済」で被害を捏造することによって得られた共済金である。

とはいえ、毎年新たな契約を偽造するだけでは、掛け金が莫大になってしまう。そこで西山は、一度契約をしてノルマのポイントを稼ぎ、年度末になったら解約する。再び翌年度になったら、また契約する。あるいは、既契約を短期間のうちに転換する、という作業を繰り返したという。

「面接士」という協力者

ＪＡ対馬不祥事第三者委員会の調査報告書によると、西山は架空の契約を作るために、一人の協力者を生み出した。ＪＡ対馬の元職員竹末千文である。

竹末は、職員だったころからずっと上対馬町で暮らしている。

私は二〇二三年の春先に彼のもとを訪ねた。

家の目の前にある数畳ほどの家庭菜園に座りこみながら、鎌を持って作業をしているのが竹末だった。私が取材の目的を伝えると、すんなりと応じてくれた。

竹末はよく日に焼けた痩身の男だった。畑仕事の手を休めると、無言のまま家の玄関前に向かった。そこに転がっていた、収穫した野菜を入れるコンテナをさっと裏返し、二人分の腰かけを作ってくれた。私は遠慮なく座った。

竹末もそこに腰かけると、おもむろにポケットから煙草《たばこ》を取り出した。一本を口にくわえると、ゆっくりと火をつけた。

私が名刺を渡すと、こちらを見るでもなく、それを受け取った。そして、その表裏を見返したり、それをやんわりと曲げたりするということを繰り返し始めた。土で汚れたその手は痩せていた。

なんだかいきなり西山のこと、不祥事件のことを聞くのはためらわれた。だから、私はまず、竹末の経歴を尋ねた。

竹末は地元の高校を卒業後、ＪＡ対馬に就職した。在職中、主に経済事業を担当してきた。そしてどうしたものか、五〇代半ばで退職している。

竹末いわく「その二～三年後」に、当時、上対馬支店長だった大浦英章に請われて、ＪＡで生命共済の契約に関わる「面接士」と呼ばれる資格を取ったという。

通常、生命共済を契約するに当たっては医師の診断書が必要になる。ただし、医療従事者が皆無だったり乏しかったりする地域では、医師による診断を受けることが難しい。そうした地域の組合員にも生命共済に入ってもらえるよう、ＪＡ共済連は「面接士制度」を用意していた。

これは、一定金額以内の保障額の契約に限り、医師の代わりに「面接士」が入院歴や持病の有無などについて聞き取りをした「面接士報告書」を、生命共済の契約に本来必要な医師の診断書に代えるというものである。

面接士になるには、ＪＡ共済連の全国本部が実施する「生命共済面接士資格認証試験」に合格し、登録してもらわなければならない。

面接士になれば、ＪＡから仕事が発注される。生命共済の契約を希望する人と面接した回数に応じて、謝礼が支払われる。

だが、ＪＡ対馬不祥事第三者委員会の報告書によると、竹末は西山から請われるがままに、契約者本人と面接することなく、架空の面接士報告書を作成してきた。竹末は私の取材でもそれを認めた。それにより、西山が〝契約者本人も知らない契約〟を成立させることが可能になったのである。

その件数は定かではない。竹末は同委員会の事情聴取に対し、契約者本人とは面接せずに「面接士報告書」を書いた件数は、全体の〈10％程度〉だったと答えている。

ただ、竹末が扱った面接士報告書の〈直近5年間で611件〉という件数は、対馬の人口を踏まえればあまりに多い。同委員会は、〈10％という定量的な数字は信用できず、面接をしないまま面接報告書を書いたケースがあったと認めた定性的な供述が重要である〉と指摘している。つまり、件数としては一〇％より大きかったのではないか、ということだ。

それにしても、なぜ竹末は西山に協力したのだろうか。竹末は同委員会の事情聴取に対し、その理由をこう述べている。

〈断れば仕事を持って来てもらえなくなると思ったからだ。実際の面接はしたが、報告書の診

断内容は既に故西山が書いていたままのケースも何件かあった〉

同委員会は調査報告書で、竹末について〈金銭的に負い目のある〉と指摘している。いわく、二〇〇一年三月に自宅の土地と建物に消費者金融の根抵当権を設定し、二〇〇九年一〇月に同抵当権の競売開始の決定がなされた。ところが、同年一一月には取り下げられたという。調査報告書には、〈被担保債権の一部を返済して和解したものと考えられるが返済の原資は不明である〉とも書いてある。

さらに竹末の口座には、二〇一四年二月五日には西山から五〇万円が、さらに同年四月二一日には出所不明ながら多額の金が「土地代」として振り込まれていた。これらの金に関して、同委員会は調査報告書で、〈竹末氏《ママ》面接士の自宅周辺の宅地・農地の登記情報にはこれに対応する登記名義の変更は見当たらない。これは不正な面接報告書作成の報酬だった疑いがある〉と記している。

私は調査報告書をすでに読んでいたので、竹末が生活苦から西山に加担するに及んだことは想像がついていた。それもあって、調査報告書に書いてある内容を改めて聞くのは酷だとは思ったが、それでもやはり本人に直接確かめなければならなかった。

竹末にはまず、面接士報告書を偽造したかどうかについて尋ねた。竹末は、「確かに本人とは会わずに書いた。契約者となる人が過去に入院歴があるのに、入院歴はないと書いたこともある」と打ち明けた。

西山に協力した理由については、「西山からしつこく言われた。それ以外に理由はない」と言うだけだった。

私が「お金のことがあったと聞いていますが?」と質問を重ねると、すぐに「お金のことは?」と返ってきた。それまで静かに受け答えしていた声が、急に詰問調になり、やや怒気が交じったように感じた。

そこで「土地代」として竹末の口座に入ってきた多額の金について尋ねると、「それは……わからん……」とつぶやき、沈黙した。そして再び名刺をいじくり始めた。もはや彼は何も答えようとしなかった。

私は別の機会を待って再び竹末を訪ねた。彼はやはり意図的に不正に協力したことはないと語るだけだった。

「モンスター化」を止められなかったJA共済連

ただ、元はと言えば、西山が面接士報告書を必要としたのは、JA共済連長崎から生命共済の営業の実績を挙げることを懇願されたからである。

竹末はＪＡ対馬不祥事第三者委員会の事情聴取に対し、西山から面接士報告書の偽装を要求された時期については、〈年度末が多かった〉と証言している。私も同じことを尋ねたところ、同様の答えを得た。

年度末が近い一月と二月は、ＪＡ共済連長崎から幹部が営業を促しに対馬に来島する時期でもあった。同委員会は調査報告書で、〈台風被害がないことから、故西山としては、カリスマ性を維持し契約実績を上げるためにも、生命共済契約の偽装をする強い動機があったとみるべきであろう〉という見解を述べている。

調査報告書には、ＪＡ共済連長崎の関係者がこの指摘に対し、次のように反論したことが記されている。すなわち、〈長崎県全体の共済事業に占める比率が５％のＪＡ対馬に対して、特別に契約推進を促すはずがない〉、と。

長崎県のＪＡはＪＡ対馬も含めて七つを数える。共済事業に占める比率が五％にすぎないＪＡ対馬はさほど重要な位置づけではない。しかも、県本部の幹部が年度末を前に挨拶をすることは、県内のほかのＪＡに対しても実施している。ゆえに、〈特別に契約推進を促すはずがない〉ということである。

だが、同委員会は、〈幹部の挨拶という行動がＪＡ対馬ではどのような波紋を生むかについて無頓着である〉と、ＪＡ共済連長崎の反論をねじ伏せている。つまり、西山はカリスマ性を維持するために、是が非でもＪＡ共済連から新たに与えられたノルマを達成しようとすることになる。そして、周囲もその求心力に引き込まれていくように、不正に加担したりそれを黙認したりせざるを得なくなっていくということだろう。

同委員会は、かかるＪＡ共済連長崎の受け答えに関して、〈消極的な姿勢（意図的ではないとしても誠実さのない姿勢）〉と批判している。さらに第五章で取り上げた〈平成20年度の不適正契約問題〉に関して、ＪＡ共済連長崎の主導で実施した調査が不十分だったことも、同様の姿勢だとしている。

そのうえで、ＪＡ共済連長崎の責任を次のように示している。

〈共済連長崎県本部のこのような姿勢が、前記のＪＡ対馬の内部統制を無効化する人的要因と複合して、故西山の不祥事を長期間表面化させず、故西山のモンスター化を抑止できなかった一因となったと考えることができ、本件不祥事における共済連の責任には大きなものがあるというべきである〉（傍点は筆者）

文中の〈前記のＪＡ対馬の内部統制を無効化する人的要因〉とは、桐谷と西山との不適切に思える親密な関係や、人事に影響力を持つとされてきた西山を告発した豊田と小宮が降格させられたことを指す。

繰り返しになるが、西山とＪＡ共済連長崎はともに強く依存しあう関係にあった。西山にとっては不正を黙認してくれるという点で、ＪＡ共済連長崎にとっては実績を挙げてくれるという点で、互いを必要とした。

ＪＡ対馬の発表によると、西山の不正によって生まれた損害の総額は二二億円を超えるという。これは、確かにＪＡ共済連全体にとっては大きな痛手である。

それなのに「西山が不正をしている」と「不正によって大きな損害が生まれている」という二つの事実を、ＪＡ共済連長崎が認識したうえでその被害を黙認してきたのは、彼らがノルマを課せられているからだと考えるのが妥当である。これは、ＪＡ対馬だけでなくＪＡ共済連の他県の関係者にも取材しての結論である。

ＪＡ対馬の関係者によると、ＪＡ共済連長崎が西山の不正を黙認してきたのはそのためだけではない。「日本一のＬＡ」を接待するという名目で、組織の金で好き勝手に呑み食いすることができたからである。小宮が証言する。

「共済連長崎の上層部は長崎の銅座でよう呑みよった。西山がおらんときでも、表向きは西山を接待することにしていたんです。これは西山本人から聞いた話なので、間違いないでしょう」

ＪＡ対馬の別の関係者によると、彼らこそが西山の不正を黙認してきた張本人だという。

「西山に、もっとやれ、もっとやれって、けしかけてましたからね。それで西山も、安心して不正ができたんでしょう」

虚飾だらけの生命共済の実績

ここで一つ断っておきたいのは、西山にとっても「日本一のＬＡ」であり続けるためには、生命共済の実績を獲得しなければならなかったということだ。ＪＡ対馬の関係者によると、「ＬＡの甲子園」に出場するには、ＪＡグループが扱う「ひと・いえ・くるま」という三種類の共済それぞれで高い実績を挙げなければならない。どれか一つだけが飛びぬけて優秀でも駄目なのだ。

それを知っているからだろう、桐谷が私の取材にこう語っていたのを思い出した。

「共済連が一番悪いんやねえかと俺は言いたい。西山は日本一だ、日本一だと仕立て上げてな」

とはいえ、ＪＡ対馬とて「日本一のＬＡ」という虚像をあえて作り出した点では同罪である。ＪＡ対馬もまた、西山の生命共済の実績を粉飾してきたと、私は聞いている。

ＪＡ対馬では共済の実績において、若手を中心に西山のおこぼれをもらう職員が多かったことはすでに述べた。

一般の職員にとってはノルマを達成するうえで、生命共済もそれ以外の共済も関係ない。求められるのは、あくまでもそれらの合計のポイントである。

ただ、西山の場合は「LAの甲子園」で日本一になるという別の目標があった。そのためには、「いえの共済」や「くるまの共済」だけでなく、「ひとの共済」でも実績を挙げなければならない。

そこで西山は、新入職員が入ってきたら、彼らやその家族に生命共済の営業をした。さらに新入職員が生命共済の契約を取ってきたら、それを譲り受けて自らの実績とした。代わりに新入職員には、西山が取ってきた建物更生共済の実績を差し出したり、飲食をふるまったりした。一般の職員にとってみれば、ノルマをこなすのに共済の種類は問われないので、西山の意向に従った。

一方で、JA対馬も西山が生命共済を取ることを応援した。すでにノルマを達成した職員が「ひとの共済」の契約を取ってきたら、その分は西山の実績として付け替えた。その様子を目撃したJA対馬の関係者は、付け替えは「遅くとも西山が亡くなる五年くらい前から始まっていた」と証言する。

桐谷が「西山は日本一だ、日本一だと仕立て上げてな」とJA共済連長崎を批判したことばは、そのまま自身や自らの組織にも跳ね返ってくるわけである。

西山が「日本一のＬＡ」になることで、桐谷もまたＪＡグループで大きな顔ができ、優遇されてきた。ＪＡ共済連長崎やＪＡ長崎県中央会などの県連が開催する、組合長を集めた各種の会合では、事業規模としては小さなＪＡでありながら、それなりの発言権を持てることになる。結果として、たとえばＪＡの県段階の組織が主催する「研修」という名の国内外の旅行には、県内の組合長の中でも率先して選んでもらえた。出張が増えれば、それだけその金銭的な手当も稼げる。

こうして西山の実績が作られていった過程をたどると、それはＪＡ対馬とＪＡ共済連長崎の共同作業だったともいえる。

西山の両親はそのことをなんとなくわかっているからこそ、両者に対して心の底から怒っている。母梅子は普段はおだやかだが、ＪＡ対馬とＪＡ共済連長崎のことに触れるときばかりは、さすがに声を荒らげた。「共済連の人たちが対馬に来てね、一層営業するよう要請してたって聞いてました。そんなことをせんかったら、あん子もあそこまでのことをしとらんかったかも分からないじゃないですか。対馬農協にしてもそう。前の佐々木（筆者注・富雄）組合長が何かの会合の時に、『西山君が共済をよう頑張ってくれてるけん、職員の給料がまかなわれる』って話したことは忘れません。うちの旦那も怒ってますよ、対馬農協だって甘い汁を吸うとるじゃないかって。それでうちの子を死なせておいて、すべての責任をなすりつけるなんて、ほんと許せないです」

そんな両親の悲痛な叫びに対し、JA対馬の対応が西山の身元保証人の責任として毎月七万円を賠償させるという非情な行為だったことは、先に記したとおりである。

「LAの甲子園」という脆く、危うい舞台

西山が「日本一のLA」になった内実を知るにつけ、JA共済連が主催する一大イベントに強い疑念や懸念が浮かんでくる。

それは、ノルマの達成を至上とする「LAの甲子園」だ。現状のそれは、JAグループにとって極めて脆《もろ》く、危うい舞台なのではないだろうか。

全国のLAは、「LAの甲子園」という晴れの舞台に立つことを日々の仕事の目標にしている。そこに出場するだけでなく、さらには「総合優績表彰」に選ばれれば、もれなく「富」「名声」「力」が付いてくる。このうち名声については、数多くの著名人と同じ舞台に立てるということもまた、彼らの心をくすぐっていると、各地のLAは話している。

だが、この舞台が華やかであればあるほど、その陰の部分が際立っていくように私の目には映る。

ＪＡ共済連は、ここに出場する職員たち一人ひとりが正当な評価に値する営業をしてきたかどうかを、果たして見定めているのだろうか。このことは、西山一人を取っても、大いに疑わしい。

第四章で追及したように、ＪＡ共済連は全国のＪＡにノルマを割り振っている。しかも、それを過大にする傾向にある。

そのしわ寄せが向かうのは、現場で営業をする職員にほかならない。ノルマが過大になればなるほど、職員が自爆営業や不適切な販売に走ってしまうことはたびたび述べてきた。「ＬＡの甲子園」は、そんな熾烈《しれつ》かつ理不尽な争いを勝ち残ったＬＡだけが出場できる舞台だ。そして、そのうちの数人だけが「総合優績表彰」を受賞することとなる。

「総合優績表彰」の受賞者の中には西山以外にも不正な契約を繰り返してきたＬＡがいるという証言を、私は得ている。たとえば某県の元ＬＡは、実は顧客を騙し、彼らに不利益をもたらす営業をする常習犯だったという。それは、当該ＪＡの執行部だった人物に加え、当該県のほかのＪＡに勤務していたＬＡも証言しているところだ。

各地のＪＡの職員からは、自爆営業も不適切な販売もいまだに横行しているという情報が届いている。それらは地域社会の倫理観を退廃させる由々しき事態だ。

ＪＡ共済連は、ＪＡ対馬の不祥事件と照らし合わせて、西山という「日本一のＬＡ」を生み出した舞台装置としての健全性をいま一度検証してみるべきではないか。

ムラ社会の日本を象徴する事件

それにしても、JA対馬を舞台にした一連の不祥事件を記してきて思うのは、これがいかにも「ムラ社会」を基本としてきた日本における象徴的な出来事だということだ。

一般に日本の組織は、閉鎖的で同調圧力が強く、年長者や有力者が頂点に立つピラミッド型をなす。そこに所属する個人は、考え方から行動に至るまで組織の影響を受ける。また、個人同士は組織内での付き合いを深め、結果的に公私の別が希薄になりやすい。

こうした日本的なムラ社会の構造は、まさにJAでこそ強固に築かれているように思える。というのも、JAでは縁故採用が基本である。職員や組合員の子弟をはじめ、彼らの学校の後輩や近所の顔なじみといった人たちが就職してくる。とりわけ小世帯のJAであればあるほど、採用する地域が限定され、それまでに付き合いがあった人ばかりが集まりやすい。全国のJAで、ノルマを達成するために、私有財産を投げ出したりすることが日常的かつ一般的に起きていることは、こうした人間関係の濃密さが一因となっているのではないか。

ただ、JA対馬は横領の規模において異常だった。その理由は、言うまでもなく、類まれなカリスマ性を持った西山という存在にあった。

西山は、中途入組であったものの、若いころから、自らが所属する組織に対して支配的な影響力を持った。それができたのは、彼が比類ない営業実績を残し、それゆえに本来なら序列の上位にいる役職員でさえも彼にたてつくことができないようにしてきたからである。あるいは、不正に得てきた多額の金でもって、同僚を呑み食いさせたり、旅行に連れていったりすることで、時間をかけて濃密な人間関係を築いたからである。はたまた、対馬の有力な経営者と政治家やその家族との仲を深めてきたからでもある。彼らは、JA対馬の組合員であり、大口の顧客だ。

結果として、年功序列型の日本社会において、西山は若くして組織の陰の支配者になった。

本来であれば、JA中央会やJA共済連などの上部団体は、JAで起きているそうした問題を指導・監査する資格や責任を持つ立場にある。だが、すでに述べたように、上部団体では、会長をはじめ理事たちはJAの組合長から選ばれるほか、その職員もJAの幹部や有力な組合員の子弟が縁故採用されている。彼らも、JAグループという中央集権的な巨大組織のなかに位置づけられている以上、「長い物には巻かれろ」というムラ社会の論理からは容易に逃れられるはずもなかったのである。

第七章　名義人

不動産の資金は、やはり共済絡みの金

対馬市の人たちによると、島民が最も多く集まる場所は美津島町雞知である。

国道382号沿い付近の雞知には、対馬では数少ないドラッグストアやホームセンター、生鮮食料品や家電の量販店、自動車の販売店や整備工場などが軒を連ねる。

このうち「スーパーサイキ（サイキバリュー）」には、鮮魚の売り場が三カ所も設けられている。近海で取れたものを中心とした魚の種類は、店によって同じものもあれば異なるものもあり、目移りするほど豊富である。さすがは漁業が盛んな島だと感じる。

雞知に来れば、生活に必要なものはだいたいそろう。とくに家電を専門にした量販店は、ここにある「ベスト電器」が島で唯一とのこと。それに病院関係の施設も整っている。だから、島の最北部に当たる上対馬町の人たちも車で一時間半ほどかけて、わざわざ訪れる。

そんな人気の地区で割と最近になって宅地として開発を終えた場所が、ドラッグストアやホームセンターなどが固まっている近くにある。そこは、段々畑のようになった造成地。こうした土地は不動産業界では「ひな壇」という用語が当てはまるそうなので、便宜上ここから先はこの呼び名で記すことにする。

ひな壇には下段から中段まで、すでに家々が出来上がり、人が住んでいる。ただ、上段のほうは一区画を除いていまだに更地のままだ。

この上段のほうの宅地を買った人物の一人が西山である。名義人は妻はるみになっている。

ＪＡ対馬の関係者は口をそろえて言う。西山は不正に得てきた共済絡みの金を、この土地を購入する資金に充てたのだ、と。

それは事実なのか。事実であれば、その金はどこをどう流れてきたのだろうか。そして、西山はいかなる目的を持ってこの土地を購入したのだろうか――。

これらの疑問に対する答えを探ることにより、西山が共済絡みの金を不正に流用してきた実態をより深く知ることができるのではないかとずっと考えてきた。金と土地を巡って誰がどのように関与していたのかも。

まず対馬のＪＡや不動産の関係者に話を聞いたところ、ここの土地の開発と販売をしたのは、有限会社タニムラだという情報をつかんだ。

私がその社屋を探し当て、呼び出し音を鳴らすと、すぐに、にこやかな顔をした七〇歳を過ぎたくらいの男が出てきた。スポーツを趣味にしていそうな細く締まった身体に、そのままゴルフコースを回れそうな軽快な服をまとっていた。

私は、いつものように突然の訪問を詫び、取材の趣旨と目的を伝えた。すると男は、よく日に焼けた顔に真っ白の歯を口からのぞかせ、「おお、西山君のことか。どうぞ、どうぞ」と言うなり、あっけないほどあっさりと事務所に上げてくれた。室内は、仕事机と応接用のテーブルがあるくらいで、個人事務所といった趣のこざっぱりした空間だった。

名刺を交換するまでもなく、私は男が誰であるかをすでに知っていた。上対馬町西泊《にしどまり》で建設業を営んでいた有限会社糸瀬総建の元代表、糸瀬満である。

というのも、私はここ数日、別の目的で糸瀬に会おうとしていたからだ。そのために、ＪＡ対馬の上対馬支店から歩いてでも行ける距離にある糸瀬総建に向かった。ところが海辺に建つその社屋には、別の会社の表札がかかっていた。近所で話を聞くと、糸瀬は廃業し、いまは上県町に住んでいるとのこと。

そこで三階建ての自宅を二度訪ねたものの、いずれも留守だった。

近所に住んでいる義理の母の話では、日中は美津島町雞知にある事務所にいるというので、そこに向かったのだった。

借名・借用口座の名義人とは誰か

そもそも私が糸瀬に会いたかったのは、次のような理由からだった。

裁判資料には、西山が顧客に無断で口座を作った「借名口座」と、顧客から通帳や印鑑、キャッシュカードを借りていた「借用口座」の名義人の名前が書かれていた。その中に、糸瀬満とその妻、妻の母の名前を見つけたからである。

私の数え間違いでなければ、そこには全部で四〇人の名前が記されていた。その人数の多さもさることながら、むしろ私が引き込まれたのは、裁判資料に記されていた彼らと西山との関係である。

妻、母、妹、親戚、友人、顧客……。

西山に近しい人たちばかりが並んでいる。一人ひとりの名前と西山との関係を目で追っていきながら、疑問が浮かんだ。

それは「顧客」とは誰か、ということである。これまた私の数え間違いでなければ、その人数は二七人に上った。

西山は亡くなった時点で四〇四七人分の契約を取っていた。これほど大勢の中から、なぜこの二七人を選んだのだろうか。

「顧客」は、西山の家族や親戚とともに名前を並べているくらいだから、よほど近しい関係にあったに違いない。そして、彼らが選ばれたのには何か理由があったはずである。

そう思って取材を進めてみると、確かに西山の不正や彼が計画していた事業とは切っても切れない関係にある人たちが交じっていることが分かってきた。

家賃収入は毎月一六〇万円超か

糸瀬は気さくで人が良さそうだった。渡された名刺にはタニムラの「現場統括責任者」とあり、社名の横にはなぜだか「アート工房」という文字も記されていた。

自分の会社はたたみ、六年前からタニムラで働いているという。ただ、私が調べたところ、糸瀬総建の登記の登録が閉鎖されたのは西山が亡くなった一一カ月後の二〇二〇年一月である。

糸瀬によると、タニムラは、同じく長崎県の離島にある五島市の経営者が創業した。対馬に縁ができ、この土地の開発を請け負うことになったという。

「これ、この写真だよ」

そう言って糸瀬が指さした壁の上には、古ぼけた写真が入ったいくつかの額縁が並んでいた。

その何枚かには、こんもりと木々に覆われた小さな山が写っている。ここを開発して、いま我々がいる造成地が出来上がったそうだ。

ついでに、気になった「アート工房」についても聞いてみた。「アート」とは、木工品のこと。上県町を流れる仁田《にた》川と佐護《さご》川で一〇〇〇年以上にわたってその付近に埋没していたというケヤキの木に多少の細工を施して、展示しているとのことだった。

「せっかくだから、見せてあげるよ」という親切な申し出を丁重に断って、すぐに本題に入ることにした。すなわち、西山が購入した土地の概要や用途についてである。糸瀬は、それについてもすんなりと答えてくれた。

西山が購入したのは五区画。厳原町で不動産の仲介業を営む中村不動産が売買をすべてあっせんした。

西山は五区画ある土地を時間をかけて買っていった。そこに賃貸住宅を建てる予定だったそうだ。

私は事前に、ひな壇の土地を目で見て確かめていた。

五区画のうち一区画だけには一戸建てが二棟ある。糸瀬によると、これは未完成だという。西山が亡くなったときには施工を始めたばかりで、外壁だけはなんとか完成させた。西山はほかの三区画でも同様の住宅を建てるつもりだった。

とある不動産の関係者に当たってみると、西山は、残る最上段の区画だけは一二世帯が入居できるエレベーター付きの四階建ての賃貸住宅にするつもりだったそうだ。一階部分は駐車場である。総工費は二億円程度の見込みだったそうだ。

私は後に、その図面を手に入れることができた。その表紙には、まさしくこの不動産の関係者が語ったとおりの賃貸住宅が描かれていた。外観は、西山の自宅と同じ色である。建築面積は二三六・一五平方メートル。二階から四階の各階とも四部屋ずつで、うち三部屋は2DK、一部屋は1DKだった。

さて、以上を踏まえると、五区画で入居するのは合計で二〇世帯になるはずだ。糸瀬も「だいたいそのくらいの数だった」と記憶している。

糸瀬によると、毎月の家賃は一世帯当たりざっと八万円が相場とのこと。仮に二〇世帯として、それらの部屋がすべて埋まれば一六〇万円になる。これに駐車場の賃料も含めれば、年間で二〇〇〇万円を超える収入になるはずである。ただし、西山の母梅子によれば、すでに外壁だけが仕上がっている賃貸住宅の一軒については、対馬在住の妹夫婦の自宅にする予定だったという。やはり西山は家族思いである。

一連の不動産はJAによって差し押さえられてしまい、建設工事は頓挫した。糸瀬は、「うちの近所の会社が設計を請け負っていたけど、その費用は払ってもらえずじまいだったみたい」と語った。

西山が購入していた土地はここだけではない。先ほどの商業施設の密集地から北に向かった場所にある更地がそれだ。隣は病院である。

商業施設が立ち並ぶ国道沿いにあって、それなりに広い土地に雑草ばかりが生えたままなので、否が応でも目立ってしまう。糸瀬は、「あの土地はうちで扱ったわけじゃないけど、三〇〇坪くらいあり、坪単価は三〇万円くらいって話。だから全部で九〇〇〇万円くらいじゃなかろうか」と教えてくれた。

西山が購入した一連の土地に詳しいほかの人物にその価格について聞いてみたところ、ひな壇は七〇〇〇万円弱、病院の隣は一億円弱だったという。総額にして一億五〇〇〇万円を超える金が動いたことになる。

複数の証言によると、西山は、病院の隣にある土地には商業施設を建てるつもりだったそうだ。

「マネーロンダリング」を知っていたか

私は、そもそも糸瀬に会う当初の目的にしていた肝心の質問もした。糸瀬とその妻を名義人とした借名口座と借用口座が、なぜ悪用されたのかということである。彼は最初、次のように答えた。

「西山君のことは信用しとったけん、通帳も印鑑も預けとった。なにしろ彼が農協に入ってすぐの二二歳とか二三歳とかの時から付き合いがあるけん。私が色々と友達を紹介して、共済に入れたりしてね。だから、まさか悪いことに使われるとは思わなかった」

糸瀬は、ひな壇の土地を購入する資金の出所についても話してくれた。それは、やはり共済絡みの金だったということである。彼がなぜそれを知っているのかといえば、次のような出来事があったからだ。

西山は不正に得た共済絡みの金の振込先として、借名口座と借用口座を指定していた。その一つが、糸瀬の妻の口座だった。しかも、妻の口座は、ひな壇の土地を購入する資金を経由させるために使われていた。

糸瀬がそれを知ったのは、西山が亡くなる前年の二〇一八年の八月。西山が慌てたように電話をかけてきて、次のような話を打ち明けてきた。

いわく、土地代に充てる資金の出所は共済絡みの金であり、妻の口座をはじめ複数の口座を経由させて、タニムラに支払っている。

ところが、ここにきて問題が発生した。ＪＡ対馬が妻の口座の取引に不審を抱き、自分はＪ

Aの上層部から問い詰められている。もしかすると、JAの上層部から糸瀬に連絡がいくかもしれない。ただ、そうはならないよう、自分のほうで解決したいとのことだった。以上が、西山が語った内容だったという。

続けて糸瀬は、西山が土地代を支払うのに複数の口座を経由した理由について質問したことに対し、次のような見解を述べた。「資金の流れを分からんごとするようにやったんでしょう。直接振り込んだら、不正な金が西山君の土地の購入に使われていることがすぐにはっきりするけんね」

私は軽快なその語りを聞きながら、戸惑いを覚えていた。糸瀬はたったいま、私にこう告白したのではなかったのか。すなわち、西山がひな壇の土地を購入した資金は共済絡みの金であったことを遅くとも二〇一八年八月時点で知っていた、と。

もしそうであれば、それは自らの身に火の粉が降りかかってくる由々しき問題なのではないか。それとも、単に私が聞き間違えただけなのだろうか。

そこで改めて確認すると、糸瀬はあっさりと「知っていた」と答えた。

私は呼吸を整えた。

糸瀬は二〇一八年八月時点で西山の不正を知っていた。となると、それはどういうことになるのか。

第一に、妻の口座がある種の「マネーロンダリング（資金洗浄）」に悪用されたことを把握していたことになる。それだけではない。汚れた金が、最終的には自身が働くタニムラに流れていることも分かっていたことになる。

私は、これらの質問が的を射ているのかどうかをもう一度頭の中で反芻したうえで、糸瀬にさりげなくそれを投げかけた。すると、糸瀬はいずれについても認めるではないか。

そうなると、問題はより大きくなる。糸瀬は、なぜ当時何もしなかったのだろうか。加えて、糸瀬がその後も問題の通帳や印鑑などを預けたままにしていたことに大きな責任が生じるのではないか。言うまでもなく、それらの口座がマネーロンダリングに利用され続けたからだ。

私はこれらの点についても確認した。すると、ここにきてようやくまずいと思ったのだろう。糸瀬は突然に早口になり、しどろもどろになりながら要領を得ない話をしばらく続けた。私はじっと耳を澄ませたが、そこに質問に対する答えは一切なかった。

糸瀬のもとに通帳と印鑑が戻ってきたのは、西山が亡くなる前の晩に糸瀬宅を訪ねてきたときである。

「夜九時ごろだったか。西山君には、とくに変わった素振りはなかった。通帳と印鑑を手にしたのは何年ぶりだったかな」

この通帳と印鑑には後日談がある。

ＪＡ対馬の関係者によると、その通帳の残高は一〇〇万円ほどだった。西山が亡くなった直後、その口座からはその金がすぐに引き出された。ただし、糸瀬は、これを否定している。

さらに別の時にかけた電話で、糸瀬は通帳についてこう付け加え、またもや私を驚かせるのだった。

「そういえば、西山君は預けていた私の印鑑を使って、被害にあった建物の修理についての見積書をずっと偽造してたんだよ」

しかも、ずっと以前からそれを知っていたという。

私は頭がくらくらしてきた。彼がしゃべった内容は、不正を見すごしてきたことを明言しているようなものではないか。

糸瀬には丁重に感謝を伝え、電話を切った。

西山は少なくとも仕事においては「ギブアンドテイク」の人だったと、私は理解している。それは、たとえば同僚には不正に協力してもらう代わりに、共済の実績を譲渡したり食事をご馳走したりする。あるいは、不正に目をつぶってもらう代わりに、彼らも共済金を不当に受け取れるようにすることである。

では、糸瀬は通帳と印鑑を預けていたことで、西山から何を得てきたのだろうか。今回の事件に絡むある疑惑について耳にしたので糸瀬に確認したが、彼は明確に否定した。

もう一人の建設業者

私は糸瀬と会う前に、彼と同業の人物を訪ねていた。第二章ですでに紹介した、上対馬町にある姉川建築の代表姉川正育である。

姉川もまた、西山を得意先としていた。西山とその義理の両親の自宅を美津島町雞知に建てただけではない。ひな壇の五区画のうち最上段の区画を除いて、賃貸住宅を姉川建築が施工する手はずがついていたのである。

しかも姉川とその親戚もまた、借名口座と借用口座の名義人として裁判資料に名前が記載されている。

私は姉川とは事前に電話で面会の約束をしていた。忙しくて時間がないという中、無理を言って彼の会社の作業場で会う機会をもらった。角材や板材が置かれたその作業場で待っていてくれた姉川は、年齢は七〇歳手前だろうか。電話で話した印象のとおり、頼まれたら断れない人の良さそうな感じを漂わせていた。

私はまず、借名口座と借用口座の名義人に自身の名前が入っていた理由を尋ねた。すると、姉川は、「通帳も印鑑も西山に預けとったけんね。勝手に口座も作られとったみたい」と語った。

加えて、西山に頼まれて契約した「年金共済」は、無断で解約されていることが彼の死後に判明した。「二〇一〇年から二〇一五年の間に一〇〇〇万強を積み立てとったはずだけど、西山が勝手に解約してなくなってた」。その金はＪＡから弁済してもらったそうである。

それだけではない。西山の口利きで家屋の修理を多数請け負ったものの、どういうわけだか未払いになったままだという。

どうやら姉川は西山のせいで手痛い目に遭ってきたようである。ただ、それは一面に過ぎない。

姉川にとって西山は得意先だ、と書いた。それは、西山と義理の両親の家屋の施工を受注したことだけを指すのではない。それ以外にも、西山のおかげでたくさんの仕事を請け負ってきた。ＪＡ対馬や不動産の関係者が、「西山が仕事で家屋の修理をあっせんしたり見積を依頼したりする相手は、姉川建築一択だった」というほどである。

姉川も、西山から共済絡みの仕事を頻繁に受けていたことを認めた。上対馬町で台風の被害があれば、西山から修理の仕事が舞い込んだ。

見積書を偽造した「神の手」

さらに、姉川もまた驚くような証言をした。西山は、姉川建築の見積書を偽造していたというのだ。

いわく、西山のパソコンには姉川建築が使っている見積書の書式と瓜二つの見積書の書式があった。西山はそれで見積書を偽造し、共済絡みの金を詐取することに利用した。

この書式を作ったのは西山の知人だった。彼は情報技術に詳しいことを見込まれ、「神の手」と呼ばれてきたという。

とはいえ、一つの建設業者ばかりの見積書を作成していれば、JA共済連から怪しまれる。JA対馬の関係者によると、だから西山は、糸瀬やそのほかの建設業者の見積書も偽造した。

姉川の場合、西山に預けていた印鑑に限っては、なぜだか見積書を偽造するのに悪用されることはなかった。西山は代わりの印鑑を用意し、姉川に無断で押印してきたそうである。

ただ、たとえそうであったとしても、共済絡みで仕事を受けている建設業者が通帳だけではなく印鑑までも預けてしまっていた責任は大きい。

JA対馬の関係者らによると、そもそも姉川が印鑑を渡さざるを得なかったのは、糸瀬と同じでギブアンドテイクがあったからだという。つまりは、西山からたくさんの仕事をもらえたからだ。そういう意味では、力関係で上位にあったのは西山だった。

西山はそのことを十分に理解していたのだろう。姉川は私に、「西山から請け負ってきた修理の代金は、どんぶり勘定だった。代金が払われなかったこともあった」と語った。

西山がガスを格安で提供したとされる相手

西山の不動産に関連して、もう一人会うべき経営者の男性がいた。

私が男性に会いたかったのは、西山が手がけようとした一連の不動産の開発を巡る事業を手助けするつもりだったという証言を得ていたからである。

それだけではない。彼が扱っている事業で利用するガスについて、西山がJAから格安で供給するという便宜を図ったということだった。第三章で取り上げたJA共済連が制作した映像には、西山と男性がガスの提供先となるであろう事業所の前で立ち話をしている場面が映っている。ただ、男性は私の取材に便宜を受けたことを否定した。

彼もまた西山とは浅からぬ縁があったのではないか。ところが、男性が開口一番口にしたのは、それを否定するかのような言葉だった。

「西山さんには、会社ではなく個人で契約した共済でお世話になっとった。ただ、それだけ。プライベートな付き合いはほとんどなかった」

ただ、私が把握している男性と西山との関係を一つずつ確かめていくうちに、彼も少しずつ打ち明けてくれるようになった。

「確かに西山さんとはときどき呑みましたよ。だいたい向こうから電話があって、相談があるけんって。でも、会ってみればとくに相談があるわけでもなく、西山さんはしゃべりもせずただ呑むだけで。はしごして、スナックでカラオケを歌って終わりって感じ。歌うのは米津玄師《よねづけんし》の『Lemon』ばっかりでしたね」

公私にわたって長い付き合いのあった二人だが、西山が自分のことをあれこれ語ることはなかったそうだ。「普通だったらなんの車を買ったとか、どこに行ったとか話すじゃないですか。でも、こっちが聞いても、西山さんはなんも話さんかった」

そして男性は、こう付け加えた。「なに考えているかようわからん、不思議な人やったですね」

西山が働いた不正とは無関係であることを主張したいがために、男性はなるべく素知らぬふりを装おうとしてこんな発言をしているのではないか。私は当初、そう思った。ただ、それは間違っていた。その後も西山を知る人たちに話を聞いていくと、多くが男性と同じような人物評をしたからである。

西山をＪＡに就職したころから知るある人物は、「心のうちを打ち明けられる友達がいなかったんじゃないか」とまで言った。西山が自らの軍団をはじめ多くの人たちと公私の別なく付き合っていただけに、意外な気がした。

ただ、すぐに思い直した。じつは西山は孤独だった。そのことが彼の死とも関係があるのではないか、と。


話を戻そう。男性は西山が亡くなる前の晩も一緒だった。

「あれは午後一〇時とか一一時とかやったか、こっちが呑んどるときに電話がかかってきて、『いま、どこにいますか』って。それで、西山さんがこっちのスナックに合流したんですよ。遅れて農協の大江もやってきました」

私が男性に会いたかったのは、裁判資料に載っていた借名口座と借用口座の名義人の中に、彼の実父と義父の名前があったからでもある。ただ、その事情については知らないということだった。

コンビニとスポーツジムの運営を計画

私は男性に、西山が計画していた不動産の事業についても聞いた。そのやり取りは次のとおりである。

――不動産の話を耳にしたのはいつですか？

「いつだったかな。なんかの呑み会の時に、西山さんがさっと寄ってきて、土地を買ったと言ってきた。どの土地かって聞いたら、雞知の上んとこだと。プロ野球選手並みの給料をもらっているって聞いてたから、そりゃ買いますよねって伝えた覚えがあります」

――病院の隣にある土地では一緒に事業をする予定だったんですか？

「コンビニをやりたいっていうんで、相談を受けたことはありますよ。当時は対馬にコンビニが一軒もなかったから、やったほうがいい。自分はノウハウを持っとるけん、協力できることはあるとは伝えました。ただ、一緒に会社を興すとかまでの話はしてない。あくまでもノウハウを提供するだけ。西山さんはファミマの店舗視察に行くとか話してたけど、どうしたのか分からん」

——同じ場所でスポーツジムも計画していましたね。

「そうね、相談は受けとった。ただ、具体的な話までは進んでなかった」

——西山さんは、なぜコンビニとかジムをやろうとしたんですか？

「賃貸住宅だけでは大して儲からんけんね。とくに新築は。だから、自分の場合は中古を買って運用することしか、しようらん。西山さんは、コンビニとかジムとかで複合的に儲けようとしたんじゃないですか」

——西山さんは、スポーツジムでの運動器具を下調べするため、福岡の専門業者のもとを訪ねていたと聞いています。

「いや、それは分からん」

西山が一連の不動産への投資を始めたことについて、彼をよく知る人は、「地元企業の経営者たちとの付き合いを深める中で、事業に関する話を持ち掛けられたのではないか」と証言する。妻はるみは裁判の陳述書で、〈農協をやめて、新しい事業を始めようとしていたのではないかと夫の死後に思うようになりました〉と述べている。

名義人を身近な人たちで固めたわけ

ここまでの話を整理したい。

西山は美津島町雞知で不動産に投資をした。ひな壇では賃貸住宅を、病院の隣ではコンビニエンスストアやスポーツジムを運営しようとしていた。

このうち、ひな壇の土地を販売したのは糸瀬が勤めるタニムラ、それからその土地で賃貸住宅の建設を請け負っていたのは姉川建築である。

糸瀬と姉川はともに通帳と印鑑を西山に預けていた。このうち糸瀬の印鑑は、西山が顧客の家屋を修理するための見積書を偽造することに利用された。一方で姉川は預けていた印鑑ではなく、西山が別途用意した印鑑でもって見積書を無断で作られていた。

ＪＡ対馬の関係者によると、私が取材した経営者の男性はガスを格安で供給してもらうという便宜を西山から受けていた。一方で、病院の隣にある土地で計画していたコンビニエンスストアとスポーツジムの事業について相談されていた。

彼らに共通しているのは、雞知の土地を巡る事業に関わっていた、あるいはこれからそうしようとしていたという点である。

そして糸瀬は、一連の不動産を購入する資金の出所は共済絡みの金であることを知っていたと告白した。その金は、彼ら、あるいはその家族や親族をはじめとする借名口座と借用口座を経由して、最後はタニムラの手に渡ったとも証言した。

西山は、なぜこれほど身近な人たちばかりで借名口座と借用口座の名義人を固める必要があったのか。それは、長期にわたって不正に利用したとしても、誰も文句を言わないと見込んでいたからではなかったか。

私が取材した限りでは、借名口座は言うまでもなく、借用口座にしても、その名義人たちが普段から使っていた様子はない。ＪＡ対馬の関係者によると、端《はな》から西山に貸すことを前提にした口座だったのではないのか、という。

仮にこの推察が間違っていたとしても、彼らが西山の不正を黙認、助長したと疑われることは確かである。

名義人同士の密接な関係

裁判資料に載っている借名口座と借用口座の名義人の中には、ほかにも企業や飲食店の経営者、市議会議員の名前があった。彼らは、この離島における小さな経済圏の中で互いに密接に関係してきた。

彼らにも可能な限り当たってみたが、誰もが口を閉ざすか、否定するかのいずれかであった。

唯一認めたのは、とある料理屋の女将《おかみ》である。

ＪＡ対馬の関係者によると、この店は自然災害に遭っていないのに、女将名義の口座には何度も共済金が振り込まれていた。

この借用口座は、悪用されたほかの多数の借用口座と違い、明らかにおかしな点があった。それは西山の借用口座であると同時に、彼女が仕事の取引で日常的に使っていた口座でもあったことだ。より詳細に言えば、彼女の店がＪＡ対馬の事業を利用した際の代金の振り込みがなされていたのである。つまり女将は、この口座の金の動きは把握していたはずだ。女将が、不当な共済金がたびたび入っていたことを知らぬはずがないのではないか。

女将は西山の死の直後、この借用口座の貯金を一気に引き出している。

ＪＡ対馬の関係者によると、彼女はＪＡ対馬から一連のことを問いただされ、借用口座にこれまで入ってきた共済金は不正なものであることを認めて、その分の数百万円を返却したという。

私はこれらの証言を確かめるため、客がいない時間に彼女の店を訪ねた。

女将に、まずは西山の印象を尋ねると、「とくにこれといってないです」「たくさんのお客さんを連れてきてくれましたけど、西山さんが何を呑んだり食べたりしていたかは覚えてないですねぇ」と、どこか突き放した感じがある返事だった。

西山を介してＪＡ共済を多数契約していたことは認めたものの、「よく分からないんですよ」とのこと。借用口座についても、「通帳を貸していたというか何というか、よく分かりません」というような受け答えばかりを繰り返した。

「忙しいので、もういいですか」。女将が面倒くさそうに建物の奥へ引き返そうとしたので、私は「最後に一つだけ」と押しとどめ、最も肝心なことを尋ねた。ＪＡ対馬に数百万円を返却しましたね、と。

女将は少しびっくりしたようだったが、「ええ」と素直に認めた。そしてすぐに、「よく分からないんだけど、そっくりそのまま返しました」と続けた。ただし、その金が不正によるものであったことを承知していたかという質問には、「狐につままれたみたいで、分からないです」という返答だった。

第一生命から乗り換えた有力者たち

それにしても西山は、こうした地元の有力者たちとどこで結びつきができたのだろうか。ずっと抱えていたその疑問に答えてくれたのは、これまたタニムラの社員である糸瀬だった。

糸瀬は、西山が就職したばかりのころから顧客をあっせんして、その営業実績を挙げることにも協力してきたという。私が話の接ぎ穂に「紹介したのは一〇〇人とかですか」などと適当に尋ねると、糸瀬はさもおかしそうに、「そんなにたくさん金持ちはいないでしょ」と返してきた。

なるほど、と思った。つまり、自分が紹介したのは有力者だ、と言いたいようだ。

私がついでに裁判資料に載っていた借名口座と借用口座の名義人の名前を挙げていくと、その一部について糸瀬は「うん、うん」と頷いた。

さらに息をのんだのは、糸瀬を含めて彼らの多くは、もともと上対馬町にある第一生命の顧客だったということだ。第一生命といえば、西山の義母稲谷章子がそこのトップセールスレディだった。彼らの多くはその顧客だったという。糸瀬の場合、家族が第一生命の社員だったので、その伝手で契約していた。

ところが、西山がＪＡに就職した後、糸瀬の鶴の一声で、なぜだか彼らはＪＡ共済に乗り換えたという。糸瀬は当時を思い出して、「第一生命からさんざん文句を言われましたよ。お客さんを取っていかんどってくれって」と笑うだけだった。

地場に目立った産業がない対馬にとって、富は外からもたらされるものである。

その地形的に厳しい条件から農耕できるところがごく限られ、歴史的に朝鮮半島や九州北部との交易に経済の活路を見出してきた。

現在、対馬市では一次産業も二次産業も衰退する一方だ。さらに人口減少は止まらず、税収は減るばかりである。唯一明るい兆しがあるのは、韓国人相手の誘客産業だった。だが、それも日韓関係に左右されるほか、コロナ禍で途絶えた観光客は以前ほど戻っていない。

そんな中でずっとくすぶってきたのが、原発から出る高レベル放射性廃棄物、いわゆる「核のごみ」の最終処分場を誘致する話だった。二〇二三年五月には、島内のいくつかの経済団体が誘致に向けた最初の段階である「文献調査」の受け入れを市議会に請願した。通れば、国から最大で二〇億円が交付されるからだ。西山と懇意だった市議会議員はその推進派で、その交付金を財源に、観光客が空路や航路を利用する場合に割引制度を設けることを市議会で提言している。

ただ、最終処分場の誘致は諸刃の剣である。漁業や観光業への影響は計り知れない。

それでも「原発マネー」は、関わることになる人たちにとってよほど魅力的なのだろう。「核のごみ」の処分地の受け入れが争点となった二〇二四年三月の対馬市長選挙では、それに強く反対してきた現職の比田勝尚喜《なおき》の対抗馬として、対馬に縁もゆかりもない新人の荒巻靖彦《あらまきやすひこ》が推進派として立候補した。大阪府門真《かどま》市の飲食店経営者である一方、京都の朝鮮学校へのヘイトスピーチに加わってきた人物である。

荒巻の強い支持者となったのが、あろうことか対馬で漁業や観光業を手がける企業の男性経営者であったことを、現職の市議や地元の有力者らがそろって証言している。ただし、男性経営者は私の取材にそれを否定した。彼とその家族は、西山が悪用した借名・借用口座の名義人として裁判資料にその名前がある。それは偶然だろうか。

島の経済の先行きを見通せない状況が長く続く中、不正に得た共済絡みの金が地元企業の経営を成り立たせる一つのよすがになってきたのではないか。それ以前は、何か別の手立てがあったのだろうか——。私の脳裏に自然と浮かんできたそんな一連の疑念は、とりわけ上対馬町の人たちも多かれ少なかれ持っていた。私はその確証を求めたものの、それを得ることはできなかった。

第八章 共犯者

異物の正体

オート・ハンシャ――。今回の取材に取り掛かったいつのころからか、この言葉がときどき頭に浮かんでくるようになった。

個人的なことになるが、私は長いこと近所の歯医者で定期的に検診を受けている。患者への気配りに抜かりがない主治医は、私を担当する歯科衛生士が代わるときなどに、「窪田さんはオート・ハンシャだから、気を付けてあげてね」と伝えてくれる。それを聞くたびに、「オート・ハンシャ」は「嘔吐反射」と書くのだろうとは、ぼんやりと思っていた。

私は、歯科治療で喉元に器具が触れると、それを拒絶するように、すぐに「オエッ」とえずいてしまう。だから嘔吐感を覚えるのは物理的な症状だと、ずっと思い込んできた。

ところが、じつはそれが心因性によるところが少なくないのではないかと考えを改めるようになったのは、今回の取材がだいぶ進んでからである。あることを思い浮かべるときに、ときどき、あたかも喉元に何かが入っているかのような感覚にうっすらと囚われるようになった。

異物の正体はなんとなくわかっていた。それは、自らも不正やその隠蔽に関与していながら、その非を認めずにいるJAグループや対馬の組織とそこに属する人たちである。

あることをきっかけに、嘔吐感はよりはっきりしたものになった。JA対馬の不祥事件に詳しい鈴木（第二章に初出）から、これまで明かされてこなかった「共犯者」の存在を突きつけられたからである。

過去の取材記録をたどると、私はかなり早い段階でJA対馬の関係者から、〝彼ら〟が共犯者であるという情報を知らされていた。ただ、どうやら組織や地元の有力者を追及することに躍起になってしまい、しばらくの間はそんな大事なことを失念したまま取材を進めてしまっていたのだ。それは、そもそも〝彼ら〟がどの程度の範囲を指す人たちなのかが、いまひとつわかっていなかったからでもあった。

あらためてその全体像を教えてくれた人物こそ、鈴木だった。私は鈴木からそれを聞かされたとき、ひどく驚いたことを覚えている。なにしろ、〝彼ら〟は、不祥事件の被害者として救済されるか、端から事件とは無関係としてその埒外《らちがい》に置かれるかしてきたからだ。

ところが、〝彼ら〟が無実ではないどころか共犯者であるとするならば、まずもってＪＡという組織の根幹を揺るがすほどの問題になるのは間違いない。

しかも、それは単にＪＡグループという一つの組織だけの問題としてはとても片づけられない気がした。それだけ大規模な〝彼ら〟が一人の犠牲者を出したというのに、いまだに何事もなかったかのように沈黙したままでいるからだ。その圧倒的な沈黙は、人間とその社会にひそむ底知れぬ恐ろしさをはらんでいるように感じられた。

〝彼ら〟に口を開いてもらうのは厄介だった。誰しも自らの罪とは向き合いたくない。自分は無辜《むこ》の民だと信じたい。だから、事の真相を確かめるまでには、取材の最後まで時間を要した。というよりも、それがはっきりするまで取材を終えることはできなかった。

私が奇妙な嘔吐感に襲われるようになったのは、そうしたドロドロとして重苦しい異物が、排除したくてもできないままに、心の内でとどまり続けたからに違いない。

そう、鈴木が打ち明けた共犯者とは、島の住民たちだった。より正確に言えば、西山がこれまで共済の契約を獲得してきた圧倒的な人数の顧客だったのだ――。

営利を目的としない相互扶助組織

西山の顧客はＪＡという組織の中核をなす組合員である。まずもって、彼らが共犯者である場合、なぜＪＡという組織が根幹から揺らぐことになるのだろうか。

そもそも協同組合とは、一人ひとりが経済的に弱い立場にあるという人たちが、出資金を支払って組合員となり、共通の目的を叶えるために設立する「相互扶助組織」である。

そのため協同組合は、組合員という限定された人たちが望む商品を生産し、提供することが事業の目的になる。そこに、利潤の追求はあってはならない。

ＪＡをはじめとする農協は、農家が農協法に基づいて設立した協同組合である。本来的に協同組合の原則から逃れられない。

ただし、ＪＡは農協とは言うものの、組織を構成する組合員は農家に限らず、幅広い。その組合員には、「正組合員」と「准組合員」の二種類がある。前者は原則的には農家で、後者は農業を生業としていないものの、ＪＡに出資金を支払った地域の住民を指す。

正組合員に関して「原則的には」と断りを入れたのは、実際には農家でない人も含まれているからだ。たとえば、離農したものの、そのまま正組合員の資格を持ち続けている場合がある。あるいは、農業以外の職業に就いた子弟が、農家だった親が亡くなった後にその正組合員の資格だけを譲り受けている場合もある。概していずれも規約には反するが、黙認されてしまっている。

さらに、ＪＡの事業は、組合員だけに開かれているわけでもない。組合員に限らず誰もが、ＪＡバンクで口座を開設したり、ＪＡ共済の商品を契約したりできる。あるいは組合員ではないが、ＪＡが運営する「Ａコープ」という名の量販店や農産物直売所、ガソリンスタンドなどを利用したことがある人は多い。

ただし、農協法では、組合員以外がその事業を享受できる割合については一定の規制を設けている。この「員外利用規制」は、各事業の総利用量に対して二〇％までである。

このようにＪＡは、協同組合であるものの、外に向かってかなり開かれた組織ではある。ただし、原則的には組合員による「相互扶助組織」であるという点に変わりはない。くどいようだが、この点で営利を目的とする株式会社とは異なる。

ところが、鈴木によると、ＪＡ対馬では組合員がこうした原則に反して、西山の不正に加担していただけでなく、不当な利益を得ることまでしていたというのだ。事実とすれば、ＪＡの本質を大きくえぐる由々しき事態である。

ＪＡ対馬の組合員数は、個人と法人・団体を合わせて三七一八である（二〇一八年三月現在）。

一方で、西山が獲得した契約者は彼が亡くなった時点で二二八一世帯四〇四七人に上っていた。その数は組合員数を超えているだけでなく、対馬の人口の一割以上に相当する圧倒的な数字である。このなかには、いまは島外に居住している者も含まれるものの、ほとんどは対馬の住民である。

もし彼らが知ってか知らずか西山の不正にかかわっていたというのであれば、それはＪＡ対馬という組織そのものの存在意義が問われてくるのではないか。もしＪＡグループがその事実を認識しておきながら看過したままでいるなら、不審の目が向けられて仕方ないのではないだろうか。

契約者に儲けさせる「前期の手口」

鈴木が共犯者の正体に触れたのは、西山の不正の中身について語り始めたときである。その手口と目的は、そもそも在職期間のなかで異なるのだという。

第二章で明らかにした手口と目的は、顧客に無断で彼らを契約者や被共済者にした契約を作り、被害を捏造して、共済金を詐取するというものであった。

ただ、鈴木によれば、それは「後期の手口」とのこと。これとは別に、「前期の手口」があったのだ。

前期の手口とは、「とにかくお客さんに喜んでもらうことに尽きる」と言う。より率直に言えば、契約者に儲けさせることを意味する。つまり、契約者の家屋が遭った被害を実際よりも大きく見積もり、彼らが共済金を多く受け取れるように「不適切な便宜」を図るということである。

鈴木がその例として取り上げたのは、建物や家財を保障する「建物更生共済」である。「建更に加入している家が自然災害に遭い、瓦が破損したとする。通常の査定であれば、共済金が一〇万円しか出ない。ところが、西山はそれを五〇万円になるように査定して、お客さんに四〇万円を儲けさせてきた。そうやって一度いい目を見たお客さんは、『あんただったら、また新しい契約に入るよ』という気持ちになるわけだ。西山のやり方はとにかくその繰り返し。お客さんにおいしい思いをさせて、逃がさないようにする。そのうち西山に任せておけば儲かるという噂がだんだん広がっていき、契約の件数を増やしていった」

一〇万円程度の共済金をその五倍にもなる五〇万円にするというのは、針小棒大に語っているのではない。実際に西山は、このくらいの開きがある、あるいはそれ以上の査定を通していたそうである。

一年もせず解約させるわけ

ここまでの説明で、うまく飲み込めなかったことが二つある。

一つは、顧客が新しい契約に次々に入っていくことになると、それだけ掛け金がかさんでいくのではないかということ。ただ、鈴木は「それはない」と、きっぱりと否定した。

「というのも、西山は顧客に契約をさせたら、最短だと一年もしないうちに、解約をさせていたから。もう少し詳しく言うと、西山は取ってきた契約の多くを事業年度末の三月三一日に解約させる。そして翌日の四月一日になったら、再び、同じ商品や新たに改良された商品で契約させる。だから、上対馬支店は年度末と年度始めが書類の手続きに忙殺されるというのが恒例だった」

年度末ぎりぎりに解約させるのは、日本一のLAになるためにも大きな意味を持つことであった。

とはいえ、うかうかしてはいられない。保障の空白期間が生じては、突然事故が起きたときに顧客からの苦情につながりかねないからである。西山が解約した翌日にすぐさま新契約を済ませてきたのは、それを避けるためだったといえる。既契約における積立の返戻金を「下取り価格」として、新しい契約の一部に充てる「転換」という手も使った。

悪用された証拠写真

もう一つ気になったのは、次のようなことだ。

とくに家屋は、誰もがそうそう自然災害に遭うものではない。一生に一度も経験することがない、という人もざらにいるはずである。そうであれば、不適切な便宜を図ってやれる顧客など限られるのではないだろうか。

だが、鈴木は「それも違う」と言う。西山は、被害を捏造して、顧客がたびたび過大な共済金を受け取れるようにしてきた。そのために使ったのは、これまた撮りためておいた膨大な写真である。

「西山が査定を担当した分を調べてみると、同じ家が何回も被害に遭ったことになっていた。本当に何回も。その分だけ、おいしい思いをした人がいるということ。被害を偽装した件数については、契約者が証言してくれるはずもないので正確には分からないが、とんでもない数になるのは間違いない」

ただ、さすがに同じ家屋がたびたび被害に遭えば、各支店からの請求書を確認する本店共済部の職員のなかには、おかしいと勘づく職員も出てくるはずである。その請求書を踏まえて、支払いの決裁をするＪＡ共済連もしかりだ。

鈴木によれば、西山はその対策についてもぬかりがなかった。

「西山は、毎回、契約者を変えることによって、組織に対して目くらましをしていた。たとえばある家族に、保障対象は自宅、契約者は旦那で共済に加入してもらうとする。解約新規や転換をする際には、契約者を旦那以外に、たとえば奥さんや子どもにする。ＪＡの場合、契約を変えるとき、同じ建物であっても契約者が毎回違っていればチェックの網の目をくぐり抜けられる」

こんなことがまかり通るのは、ＪＡが運用している共済事業の仕組みそのものに大きな瑕疵《かし》があるからのように見受けられる。ところが、それが精査されないのをいいことに、西山はその弱点や盲点を巧みに突き、顧客にも不正な利益をもたらしてきた。同時にそれは西山の実績となり、多い年には三〇〇〇万円を超える歩合給を生み出したというわけである。

契約の白紙委任

それにしても、契約者は、いくら儲かるとはいえ、頻繁に解約してはすぐに契約を結びなおすことは面倒に感じるはず。そのたびに、担当の職員と面会する時間を取り、商品の説明を受けたり、申請書に署名と押印をしたりしなくてはいけないからだ。それは、西山にとっても同じである。そこで彼は一連の手続きを〝省く〟ことにした。

「お客さんは、解約新規や転換をする時期やその手続きの一切を西山に委ねていたんです」（鈴木）

西山は、契約書の作成に必要な通帳や印鑑などを顧客から預かっていた。あとは自分が好きな時に好きなように、顧客の契約を操作していたのである。西山にしてみれば、顧客から白紙委任を取りつけたようなものである。

「基本的にお客さんは儲けさせてもらっているから、文句を言ってこない。もちろん不正は不正。それなのに発覚しなかったのは、双方に利益があって納得しているから」（鈴木）

これでは全国に並み居る優秀なＬＡがかなわないのも当然だろう。「日本一のＬＡ」「ＬＡの神様」などといった称号は、多数の組合員と一緒になって作り上げてきたといえる。

これが、職業倫理的にも法的にも許される行為でないことは言うまでもない。さらに一部の契約者だけが不当な利益を得ている以上、それは共済の掛け金が増額されるということでもって、受益者全体の不利益となって跳ね返ってくる。もはや、そこには相互扶助の精神は存在しない。

営業職として圧倒的に優れた才能

故人の名誉のために断っておくと、西山が営業職として他者を圧倒するほどの優れた才能を持っていたのは確かである。

ＪＡ対馬の関係者に話を聞くと、西山は生来の「人当たりの良さ」に加えて、「対応が迅速」「悩みごとは何でも聞いてくれる」、それから「清潔感がある」といった評判を得ていたようだ。

西山の母梅子によれば、このうち最後の点については「あん子は神経質やった」と言って、こんな思い出を語ってくれた。

「こん家に帰ってくるときも、事前に電話があって、掃除しといてねって言ってきよったけんね」

「ガレージに埃がついていたら、すぐに拭くような子やった」

こうした神経の過敏さは、あれだけ大規模な不正行為を働くうえで極めて有用だったのではないか。たとえば西山のパソコンに保存されていた家屋が被害に遭った写真は、撮影した年次別に丁寧に整理されていたという証言がある。

併せて西山という人物を知るうえで欠かせない気質に、「負けん気の強さ」もある。梅子によれば、それは子どものころからだったとして、こんな逸話を語ってくれた。

「あん子は勉強をようしたねえ。とくに理数の成績が良くて。小学校のいつだったか、理科の試験で八〇点だったことがあった。その答案用紙を壁に貼っているから、『なして貼っとるの』って聞いたら、『いつも一〇〇点だから、記念に貼っとく』っちゅうて。八〇点だと悪い点数だから、それを毎日見ることで、次は頑張ろうっていう気持ちになろうってことでしょうよ」


ある時、西山の実家に上がり、居間で梅子からゆっくりと話を聞かせてもらう機会を得た。梅子に断って、まずは線香をあげようと向かった仏壇に、西山の遺影が小さな額縁に入って飾られていた。野外で半袖にハーフパンツというラフな姿でしゃがみこんだ西山は、カメラを見上げながら、無邪気な笑顔を見せている。写真は、亡くなる数年前に、同僚たちと旅行した沖縄で撮影したものだという。それまで見聞きしていた西山と違って、まるで童心に返ったような姿に、私は憐《あわれ》みを覚えた。


梅子との会話は、自然と西山が幼かったころのことから始まった。

西山は、運動が好きで活発な子どもだったそうだ。

実家がある地区では、当時、小学生と中学生による地区対抗のソフトボール大会が毎年開かれていた。西山は、率先して仲間を集めてチームをまとめ、練習に励んだ。

話を聞きながら私は、幼少時の西山を知る年輩者の「義治は、ひ弱な子やなかったよ。自分で先頭に立ってね。人の後ろについて回るような子ではなかったね」という証言を思い出した。

西山は、中学校ではバレー部、地元の高校では野球部に所属する。このうち、寮生活を送ることになった野球部を早い段階で退部している。その理由について梅子は、「後輩の持ち物であっても、先輩が自分のものにしてしまう気風があったようで、うまくいかなかったみたい」と語った。以後は帰宅部だった。

高校を卒業した西山は、「学費が大変だから」と両親を慮って、大学に進学するのではなく、すぐに地元で就職する。勤めたのは、ＪＡではなく、対馬特産の真珠を養殖する大洋真珠株式会社の対馬にあった職場である。

ただ、長くは続かなかった。真珠の養殖場で転倒して膝を打ち、半月板を損傷してしまったのだ。梅子が回想する。

「雨の日にね、海の上に渡してある戸板の上で足を滑らせて。怪我をしてから人がしよる仕事がされんようなったけん、先輩たちからやっぱ嫌味を言われたりして。それで、もう、辞めたんですよ」

一般に、収集癖を持つ人は負けん気が強いとされる。幼少のころはめんこ、大人になってからは『ワンピース』のフィギュアを異常なほどに集めていた西山も、確かにそうした気質を持っていた。そうであるがゆえに、職場の先輩から嫌味を言われ、悔しさを抱えてきたはずである。

おまけに西山は人を引っ張っていくことに生きがいを感じていた。そんな人間が、通常の仕事すらできなくなったのであれば、その職場にとどまる理由などなかったに違いない。

西山はその後、福岡市博多区にある公務員ビジネス専門学校に入学した。公務員になるつもりだったようだ。卒業間近には警察官になるための試験を受けたものの、「やっぱり好かん」と、一次試験に合格した段階で辞退している。すぐにJA対馬の採用試験を受けて、就職することになった。梅子は、「対馬から離れたくなかったのかもしれませんね。ただ、農協なら、わざわざ専門学校に行かんでも、入れたのにね」と笑った。

そんな話をしている最中、梅子は思い出したように、「そういえば、あん子は学生のころ、この座卓でよう勉強しよったねえ」とつぶやいた。

その黒塗りの座卓は、六人が座れるくらいの大きさである。西山は兄弟がほかに四人いる。子どものころにここで膝を突き合わせて、家族仲良く食事を取っていたのだろう。

「家族が寝静まったころ、あるいは家族が起きていない明け方は静かでしょ。そん時が集中できるみたいだったねえ。とにかく頑張り屋だった」

私は、座卓でこつこつ勉強をしたり、家族とわいわいと食事をしたりしている西山の姿が、目に浮かんでくるような気がした。それと同時にこんな思いに駆られた。西山は、おそらくは生来の才能や気質をいい方向に働かせていれば、優秀なLAとしてまっとうに広く知られた存在になるところまでで済んだのに、と。

「被害者がいない」

本題に戻ろう。

多数の島民が共犯者であることを明かす鈴木の証言は、複数の観点から十分信頼に値するものであると判断できた。

その一つが、小宮厚實による例の告発書である。その〈第2章〉に、じつは西山の不正の手口に関連してこんな訴えが載っていた。

〈この仕組みを有効かつ最大限に活用し契約者に不当な利益を供与し続けている。案件のからくりの元凶はここにある。犯罪行為である詐欺を、あろうことか農協職員が持ちかけて多額の共済金を払うという便宜を図り、見返りに新たな契約・増額契約を締結していく。LAには給与規程で支払われる給料以外に共済新契約高に応じた歩合給が支払われる為、第三者に対する利益の供与のみならずこのLA職員は詐欺に該当する。この不正がいまだに表に出てこない外部要因は、被害者がいないからである〉

私はこれを読んだとき、最初の一文にある〈契約者〉とは地元の有力者を指すのだろうと思っていたが、そうではなかったのだ。問題はより広範に及び、より深刻だった。やはり、小宮はこれを記した時点ですでに、今回の横領事件の核心を正確に捉えていたのだ。

これだけ正当な告発があっても、その後一〇年近くにわたって不正が発覚しなかった理由は、JA対馬の役職員や共済連などがその隠蔽に加担してきたことだけではなかった。小宮が〈被害者がいない〉と記しているとおり、西山と島民たちとの共犯関係があったからこそ、問題にすらされなかったのだ。

今回の問題が監督官庁によって不祥事件の扱いになってからも、それを究明する公式の場でこの告発書と同様の証言をしてきたと、小宮は私に話してくれた。だが、契約者が不正の協力者であるなどとは、JA対馬不祥事第三者委員会の調査報告書やJA対馬の賞罰委員会をはじめとする内部資料を読んでみても、確認することはできなかった。いずれも、「組合員性善説」を信じ切っているかのようである。もちろん、JAがその事実を認識していたとしても、大多数の組合員を批判することは組織の根幹を揺るがすことになるので、できるはずもないのだが……。

顧客の開けっ広げな証言

とにもかくにも事が大きいだけに、一連の証言については、西山の顧客からの裏付けも取らなければならなかった。なによりも彼らの生の声を直に聞いてみたかった。

そこで、「かみ」と「しも」でひたすらに聞き込みをしていったところ、時間はかかったものの、複数人が程度の差はあれど打ち明けてくれた。

最も開けっ広げに語ってくれたのは、西山と長年付き合いがあったという女性である。

「うちもそうだけど、こん辺りの人たちはみんないい目におうとったい。だから、みんなして西山の共済にかたっとった（加入していた）わけよ」

鈴木の証言と文言がそっくりなので、思わず感嘆の声を漏らしそうになった。その後の彼女の告白も、鈴木の話を再び聞いているような内容だった。

「西山はまるで打ち出の小槌を持っているんじゃないかって思っとったね。座布団一つでもドア一つでもやぶったら（壊れたら）、替えられるって言うたい。うちも電話機がジージーと変な音を出すときがあったので、西山に『電話機がやぶれとる』っていうたら、すぐにシャープの新品の電話機を持ってきてくれた。『これ、つこうといてくれ』って。農協で扱っているメーカーがシャープだから、持ってきたんでないと？　そんな感じで、西山はなんでんかんでん新しいもんにしてくれる。それも、台風の被害じゃなくてもかまわんたい。ふだん使っているときにやぶったのでも、西山は『台風の時にやぶったことにしますけえ。だから、台風が来るまで待っとって』って。本当は台風の時にやぶったんじゃないと共済金はおりんみたいやけど、ぜんぶ台風の被害におうたようにしてくれたっちゃね」

彼女の話は、小宮が告発書で〈打ち出の小槌を右手に携え全国でも屈指の職員へと変貌したのである〉と書いていたことを思い起こさせた。これでは、ＪＡ共済の「建物更生共済」が保障の対象としている家財については、自分で購入する必要が半永久的になくなってしまうのではないだろうか。多くの島民が西山の顧客でいたくなるのも頷ける。

台風が過ぎ去ったら、上対馬支店はてんてこ舞いとなった。「西山がほかの職員にあれこれ指示してたからね。事務処理だけでも大変よ」

「建物更生共済」では、台風や地震、火災などに遭ったときでなければ、保障の対象にならない。それに女性が気づいたのは、西山が亡くなってから。彼女は自嘲気味に笑いながら、こう語った。

「普通に使っててやぶったものがあったけん、別の職員に交換してってていったら、『台風や地震なんかの被害じゃないんで、おりんです』って。じゃあ、西山のときはなんでおりたとねって聞いたら、『いまはおりんです。おりんです』って言うんで、笑っちゃった。職員はみんな、西山の不正を知っとったのよ」

この女性もまた、西山から言われるがままに通帳や印鑑などを預けていた。

「ずっと渡しとったわけよ。それで、あん子が好きなように契約を変えとった。ただ、新しい契約になっても、証書を持ってこんから、はよ持ってこんねって言っとったわけよ。そうしたら、次の日に亡くなった」

上対馬町の男性の証言も、同じくあまりに率直だった。

「そりゃ、ぜんぶ西山に任せとったよ。対応よくしてくれたけん。たとえば共済金が三〇万円のところを、五〇万とか六〇万円とかもらえるように書き換えてくれて」

彼もまた、通帳や印鑑などを西山に預け、「契約の一切は任せとった」と打ち明けた。

ここで一つ断っておきたいのは、先ほどの女性は、ほかの多くの顧客と違って不当な共済金を直接手にしたわけではないことである。すでに詳らかにしたように、西山は顧客には無断で彼らの代わりに共済絡みの金を手にすることがたびたびあった。その場合、不正に手にした共済絡みの金の一部で故障した家財の代替品を購入し、顧客にはそれを支給するだけで済ませてきたのである。

西山が人口三万人程度の離島で日本一の実績を挙げられたのはなぜか。私はここに至ってようやくにして、上対馬町に初めて来たときに抱いたこの疑問に対する答えの最後のワンピースを見つけることができた。それは、被害者や無関係の者という仮面を被ったとんでもない人数の「共犯者」がいたということである。

鈴木はその人数について「おそらくは数百人に上るのではないか」と言う。

一気に解き明かされた疑問の数々

先ほどの男性や女性の証言を別にしても、顧客がある種の共犯者であるということは、これまでの取材を振り返るうちにだんだん腑に落ちるようになっていった。なぜなら、そうでなければ説明のつかない事態が多すぎたからだ。

たとえば、上対馬町では住民たちが私の取材に一様にこう口にした。

「こん辺りで西山のことを悪く言う人はいない」

こんな言い回しが一般化するくらい、ここでは西山の評価が定まっていたのだろう。それは、取りも直さず西山のおかげで不当に利益を享受できたからではないか。

上対馬支店の元職員たちも同じ発言をしていた。いまになれば、その意味がよく理解できる。彼らもまた、西山に不適切な便宜を図ってもらうことで、共済絡みの金を不当に手にしていたのだ。その確かな筋の証言をいくつも得た。

あるいは、西山がLAになってから多くの経営者に取り入ることで営業実績を伸ばせた事実も同様である。

JA対馬の複数の関係者によると、西山は、企業の経営者にまず、不正な共済金を手に入れさせることでいい思いをさせた。その噂は社内で広がり、やがては社員やその親戚までをも顧客として取り込んでいった。

土木業や漁業などを営む男性は私の取材に、共済の契約は家族そろって西山にすべてを一任していたと語った。通帳も印鑑も預けたままにして、西山の好きなように契約を変更させていたという。

この男性は、「こん辺りの人たちはみんなそう」「あんやつ（西山）のことを悪く言う人間なんていないんじゃないの」と、これまたどこかで聞いたことがある言葉を口にした。

私が「どうして通帳も印鑑も預けていたのか。他人に預けておくなんて、心配ではなかったのか」と問いかけると、ようやく自らがおかしなことを話したと気づいたのだろう。「いや、西山がそうしろと言うたけ」と、ややしどろもどろになりながら言葉を濁した。

この男性について、事件に詳しいＪＡ対馬の関係者に確かめると、「あれは西山からだいぶもらっとる口だよ」ということだった。

彼の会社はここ数年で事業の幅を広げている。上対馬で聞き込みをすると、共済絡みの金がそれらの資金に充てられたのではないかという話であった。

それから〈平成20年度の不適正契約問題〉にしても、後に腑に落ちたことの一つである。これは、第五章でも述べたとおり、西山が短期間のうちに特定の顧客の契約を変更したり転換したりしたことで、ＪＡ共済連から不適切な契約ではないかと疑惑を持たれた問題である。

一連の変更や転換についてＪＡ共済連から事情を聴取された顧客は、同意の上だったと答弁することで、結果として西山を庇《かば》った。当時を知るＪＡグループの関係者は、「共済連が調査する前に、西山と契約者の間ですでに口裏合わせはできていた」と証言する。

西山が経済事業でもめざましい実績を挙げたのも、「顧客と一種の共犯関係にあったからでは」と考えれば理解できる。

鈴木の証言を思い出してほしい。鈴木は、通常の査定であれば一〇万円しか出ない共済金を五〇万円になるように査定し、顧客に四〇万円を儲けさせるという例え話をした。じつは、その四〇万円は顧客が展示即売会などで宝飾品や家電製品などを購入する原資にもなっていたのだという。

つまり、西山が共済事業で不正をして顧客に余分に渡した共済絡みの金が、経済事業で西山の実績をつくる資金に化けたのだ。

「西山にとってみれば、たくさん共済金を払ったんだから、そのうちの一部を宝飾品の購入に回して、今度は自分の売り上げに貢献してよっていうこと。一方で契約者にとってみれば、ここで宝飾品を買っておけば、共済金の支払いでまた便宜を図ってもらえると打算的な気持ちが働くわけ」（鈴木）

宝飾品以外の物品の販売で実績を挙げられたのも同じ理由である。かつて西山を告発した小宮厚實は、私の取材にこう証言した。「自動車やスーツ、ソーラーパネル、電化製品なんかでもそう。とにかく共済金を余計に払っておくから、買っておいてよと。だから、なんでもかんでも実績を挙げられたんです」

これに関連して、小宮は自身が目撃したこんな出来事を覚えている。

ある時、組合員の妻が支店に怒鳴りこんできた。突然、家電量販店からテレビが五台も届いた。いずれも夫がＪＡで購入したことになっている。ただ、自分の家は部屋が三つしかない。それなのに、なぜ五台も買わせたんだと。窓口の職員が対応していたところ、それを聞きつけた西山が、すぐに駆け付けてこう説得したそうだ。「旦那さんとは話がついているので大丈夫です。二台は親戚への贈り物ということでした」

小宮はこう補足した。「要は、この奥さんは事情を知らなかったんです。西山がたんまり弾んでくれた共済金の見返りに、旦那さんがそれを元手にしてテレビを買ったということを」

詰まるところ、西山の不正の始まりは、ノルマをこなすと同時に、対馬の住民に共済絡みの金をもたらすことにあった。恥ずかし気もなくそれに同調した顧客があまりに多かったから、彼は人口が三万人程度の離島において日本一の契約を勝ち取れたのである。

顧客となった住民たちはその返礼として、ＪＡが扱う宝飾品や自動車、スーツなどの物品を、西山を介して購入した。

一方で、西山とその顧客が不正に得た共済絡みの金はＪＡ対馬の貯金額を押し上げることになった。

こうして西山は共済と信用、経済というＪＡの事業の主要三部門でとんでもない実績を挙げることができた。それは、組織における彼の力を組合長以上に押し上げ、ゆるぎないものにした。

これこそが「後期の手口」の足固めになった。顧客もＪＡ対馬の役職員も、西山がしていることに口出しをしなかった。だから西山は、共済の契約について顧客に口頭で了解を得るだけで、好き勝手に新たな契約をしたりその変更をしたりすることができた。顧客は金が入ってくれさえすれば、あとはどうでもよかった。こうして西山は、多くの顧客を抱えつつも、彼らが自身の契約に無関心である状況を作り出した。

こうしたゆがんだ状況こそが、西山が共済絡みの金を不正に流用するのに決定的に役立った。多くの顧客は、自分がいま、どの商品で、どんな契約をしているのかについて、正確につかんでいない。だから、西山が架空の契約を作り、被害を捏造して、顧客名義の口座に共済絡みの金を振り込ませても、誰も気づかなかったのである。

不正を教えたのはＪＡ共済連長崎の職員か

それにしても西山は、大それた一連の手口を、いつ、どこで覚えたのだろうか。ＪＡ対馬の複数の関係者によると、ＬＡになったばかりの時だという。この答えが事実であれば、彼は二〇年ほどの間不正を働いていたことになる。

ただ、それだけ長い年数もさることながら、その手口を教えたとされる人物もこれまたあってはならないことだった。それは、なんとＪＡ共済連長崎の職員だというのである。

初めてそれを聞いたとき、私はすんなりとは飲み込めなかった。ＪＡ共済連の県本部には、当該県を地区ごとに分けて、それぞれ担当者が存在する。担当者は、「推進目標」と呼ばれるノルマを県内のＪＡに割り振ったり、その進捗の状況を管理したりする。あるいはＬＡを集めて研修会を開き、コンプライアンスの周知や共済事業の変更に関する情報を教授する。すなわちＪＡ共済連の県本部は本来、ＪＡに対して模範的かつ指導的な立場にある。それとあべこべのことをするとは、常識的には考えにくい。

それに、そもそも西山の手口に乗り、契約者に不適切な共済金を支払うことなど、ＪＡ共済連にとっては経済的な損失以外の何物でもないはずである。だからこそＪＡ共済連は、今回の不祥事件で、自らは被害者であると主張し、西山が不正に流用したとされる二二億円超の損害賠償を求めて妻はるみと遺児に訴訟を起こしている。

それなのに、ＪＡ共済連長崎の職員が、自らの組織が不利益を被るような愚行をあえてしなければいけなかったというのだろうか。だとすれば、その理由は「ノルマ達成」をおいて他にないのではないだろうか。

ＪＡ対馬がＬＡの制度を導入した後、西山らに共済の仕組みや営業の手法などを教えるため、ＪＡ共済連長崎の男性職員が出向してきた。ＪＡ対馬の複数の関係者によると、この男性職員こそが西山に不正の仕方を教えた人物だという。

「彼はいつも西山と一緒でした。そして、契約を捏造する方法や査定の網の目を通る方法を教え込んだんです。西山に実績を挙げてもらえれば、ＪＡ共済連長崎での自分の評価も上がるわけですから。こうして西山と男性職員が主導する形で、うちの農協では端から不正だらけの共済事業が始まりました。でも、ほかの職員は共済事業に詳しくないから、不正が横行していても、当初はようわからんわけです。だから『平成20年度の不適正契約問題』が発覚するまで、西山はやりたい放題できたんです」

ＪＡ対馬の複数の関係者によると、この男性職員の出向期間は数年に及んだ。この間、西山にはさんざん呑み食いさせてもらっていたという。

男性職員はＪＡ共済連長崎に戻り、しばらくしてから、今度はＪＡ長崎県中央会がかつて運営していた長崎県農協研究所に出向している。ＪＡグループ長崎の関係者によると、同研究所の業務の一つに県内のＪＡを対象にした内部監査士の資格試験や階級試験の運用があった。このうち階級試験は三級、二級、一級の三段階を設けていた。

少なくともＪＡ対馬では、階級に応じた手当が発生してきた。そして試験に易々と合格していったのが西山軍団の団員たちである。それというのも試験官だった男性職員が問題の答えを教えていたというのだ。「落第する職員がいるなかで、西山軍団の連中だけは必ず一発で合格していました。それで早く出世するわけですから、うちの農協では西山軍団が支配的な存在になっていったんです」（ＪＡ対馬の関係者）

私はこの男性職員とその疑惑について確かめるため、ＪＡ共済連長崎に質問状を送った。その回答は、「そのような事実は把握しておりません」ということだけだった。

「不正を持ち掛けたのは上対馬町の男性」

西山が不正に手を染めた当初のことについて、私はもう一つ大事な証言を得た。そもそも最初に共済絡みの金を横領することを持ち掛けたのは誰か、についてである。私にその答えらしき話を教えてくれたのは、古くから西山を良く知る男性だ。

「いま振り返れば、すべての始まりは、西山が農協に就職してしばらくしてからの出来事にありました。あれは対馬でLA制度が導入される前だったと思います。西山は、上対馬町の顧客からお願いされて、やってはいけない便宜を図ったんです」

男性をはじめ複数人の証言によると、この顧客は西山がJAに就職してすぐのころ、職場での作業中に身体の一部を損傷した。どうやらそれが原因で、以後は身体が不自由な生活を余儀なくされている。

顧客はJA共済（おそらくは生命共済の災害給付特約）に加入していたことから、事故の保障をしてもらうように申請した。だが、認可されなかった。そこですがった相手こそ西山だった。

「西山は、任期付きで上対馬町の総合病院に赴任していた医者に懇願して、査定が通るように

診断書を作らせたんです」（男性）

そんな無法な願いをすんなりと聞き入れてもらえたのは、西山がこの医者と懇意にしていたからだという。

「西山とその先生は頻繁に呑む仲でしたから」

顧客は、最初の査定から時間を置いて、新たに作ってもらった診断書をＪＡに提出したところ、今度はすんなり通ってしまった。

顧客は西山の特別な配慮に恩義を感じたのだろう、やがて手にした不当な共済絡みの金を元手に、まずは西山を介してＪＡ共済のほかの商品も契約する。続けて、自分の家族や友人、知人を西山に紹介し、営業実績を挙げることに貢献した。彼は地域の顔役といえる存在だったと、男性や上対馬町の複数人が証言している。

一方で、西山がやったことはもう説明の必要もないだろう。これらの契約者たちにも不当な共済金が入るように優遇すると、それが噂として広がり、西山は顧客を増やすことに成功した。

「西山はこの一件で味をしめたんだと思います。彼は、ここから、とんでもない営業実績を残すようになっていきましたから」

西山はすでにこのころから、後につながる不正の原型を作りつつあったのではないか――。

そのことを窺わせる傍証は少なくない。

たとえば、西山がＪＡ対馬の労働組合を早期に脱退したことがそれである。ＪＡ対馬の関係者の証言をまとめると、西山は就職して遅くとも三年目には組合員の資格を捨てた。そんな異例の決断をしたのは偏《ひとえ》に残業とノルマにあった。

第三章で詳述したとおり、西山は、共済絡みの金を得るために事務処理に追われ、残業したり休日出勤をしたりすることが頻繁だった。当然ながら、過剰な残業は労働組合から問題視される。過度なノルマも同じだ。

だが、ふつうの職員なら嫌悪する残業もノルマも、西山にとっては、自身や顧客が共済絡みの金をずっとせしめていくうえで必要不可欠だった。

ノルマがなくなることは歩合給がなくなることでもある。さらには、ほかの職員から尊敬されることもなくなり、組織内での地位は大きく揺らぐ。そんな事態は、人の上に立つことや脚光を浴びることを強く望む西山にとって、あってはならないことだったはずだ。先ほどの男性は、「だから西山は、ノルマと残業をなくすことには大反対でした」と証言する。

男性によると、これが前例のないスピード出世にも結びついた。組織としても、西山にはむしろいくら残業してでも、なんとかして営業実績を挙げてもらいたかった。とはいえ、労働組合との衝突はできるだけ避けたい。「だから、うちの農協は、労働組合の組合員としての資格を失う調査役に、西山を早くさせてやりたかった。異例のスピード出世はそのためでもあった

んです」（男性）

ＪＡ対馬不祥事第三者委員会の中間報告書によると、西山は正式に採用された五年目の二〇〇一年四月には共済調査役に就いている。四月が誕生日の西山は二七歳になるときである。ＪＡ対馬の関係者によると、調査役になる年齢はそれまでは早くても三〇代半ばだったそうなので、たしかに相当早い出世といえる。

西山が早いうちから不正の原型を作ろうとしていたことに関する傍証をもう一つ挙げれば、彼の働き方の変化がある。

西山は就職した当初、熱心に外回りをしていた。「そのために、いつも夜中の一〇時や一一時まで働いていましたから」（男性）。西山が夜遅くまで外回りをする殊勝な働き方をしていたことは、ここまでたびたび取り上げてきたＪＡ共済連の広報誌『ＬＡ　Ｎｅｗｓ』二〇〇二年九月号のインタビュー記事にも明記されている。

ところが、西山はいつしか外回りをしなくなった。それは、第五章での小宮をはじめ、複数人が証言している。西山が外回りをしなかった理由として、営業せずとも顧客からの白紙委任で契約を作れたからであることは、本章ですでに記した。以上のことを踏まえると、どうやら西山は、かなり早いうちから顧客との共犯関係を築いていたようである。

事件の核心にあったのは共犯関係

結局のところ、ＪＡ対馬で起きた巨額横領事件は、西山と彼につながる人たちによる共犯関係がもたらしたものであった。しかも、男性の先ほどの証言が事実であれば、それを最初に持ち掛けたのは、西山というよりはむしろ顧客のほうだった。私はこの証言にいくらか納得するところがある。

というのも、西山の人物像をざっくりつかむとするなら「田舎のヤンキー」というのが適切である、と私は記した。ヤンキーといえば、義理人情に厚いのが一般的なイメージだ。西山もそんな性質を多分に持ち合わせていた。

西山は、顧客から要求されれば、それが理不尽なものであっても、断れなかったのではないだろうか。これは私の独りよがりな想像ではない。西山の家族も彼に似たような印象を持っている。

たとえば、妻はるみとその父明伯は、私が初めて取材した際、西山という人物について次のように語っていた。

明伯　いい男やったよ。友達も多かったもんね。経営者とかも。
はるみ　人当たりはいいですからね。
明伯　その分、利用もされとるとたい。
はるみ　なんか、利用されたのかと思う節が、私にもあってですね。ちょっと仕事ができたから、利用されたかな、と思うんですけど……。

母梅子によると、西山は人から頼まれれば金を貸すことが多かった。「本人から直接聞いたわけじゃないけど、そんな話がいろいろと耳に入ってきてます。それで、お金を戻してもらっていないという話もいくつかあるようです」

やはり西山は義理人情に厚い、いや、もう少し踏み込んだ表現をするなら、お人よしなところがあったのではないか。失礼にも取られかねない私のそんな受け止め方を伝えると、梅子は少し間をおいてから頷いた。

こうして事件の核心に迫るにつれて、私は自分がその本質をいささか見誤っていたことに気付かされる。

序章で記したように、この事件を引き起こした背景にはＪＡグループの腐敗する構造がある、と私は当初にらんでいた。金融事業に依存するしかなくなった巨大組織においては、不条理なノルマ至上主義が跋扈《ばっこ》している。

西山はむしろそれを盾にして、不適切な営業をしながら、その実績を桁外れなまでに伸ばしていったのではないか。そして巨額の歩合給を手にしていったのではないか——。取材を始めてすぐ、おおむねそんな読みをした。

その読み自体は間違っていなかった。だが、JAグループの腐敗する構造の向こうには、より大きな背景が控えていた。それは、欲望に蠢《うごめ》く大勢の人たちであり、彼らが暮らしている社会そのものだった。

「醜悪な顔」は誰の顔か

では、その共犯関係は西山の死とともに終わったのかといえば、決してそんなことはない。彼らがいまも沈黙することによって、それは続いている。その限りにおいて、罪がつぐなわれることはない。

そもそも彼らは罪の意識を持っているのだろうか。残念ながら、そんなことはないのではないか——。それが、ここまで取材をしてきた私の実感である。

これに関して、もっとも印象深かったのは、ある女性を訪ねたときのことだ。料理屋を営むこの女性も西山から共済絡みの金を巡って不適切な便宜を図ってもらっていた、という証言を私は得ていた。

女性は私の取材に、自らの口座に不適切な金が入っていたことだけは認めた。私はどのような経緯でそうなったのかを聞き出すため、努めて冷静に質問を重ねたつもりだった。だが、一人の人間が亡くなるという結果を招いたことについてひどく無頓着な雰囲気の女性に心がかき乱されたのだろう、いつしか詰問調になっていたようだ。女性は突如怒ったように、「まるで私が殺したみたいじゃないですか！」と上擦った声を発した。

瞬間、私は返す言葉を失った。それは、まずもって自らの質問の仕方がまずかったことを反省したからである。ただし、それだけではなかった。女性が平然と言い放った文句に、少なからぬ衝撃を受けたからでもあった。

たしかに女性が言うとおりである。彼女が直接手を下したわけではない。

だが、自身がまるで西山の死とは無関係であるかのように言い切れるだけの資格が、女性にはあるのだろうか。女性だけではない。共犯関係にあった人たちは誰一人としてその資格がないのではないか。もっといえば、彼ら一人ひとりの無数の手が西山の背中を押し、死の淵へと誘《いざな》ったのではないか——。ふとそんな思いが言葉となって出かかりそうになり、私は口をつぐんだ。

なぜなら、その非難はただちに私にも及んでくると思ったからである。もし私が女性と同じ立場にあったとしたら、共犯関係に巻き込まれなかったと、果たして言えるだろうか。周囲の人たちが不適切な共済絡みの金を受け取ることが当たり前になっている状況のなかで、一人それを拒むことなどできたのだろうか――。私には、そんな自信はなかった。

女性が「まるで私が殺したみたいじゃないですか！」と言い放った時、その顔はひどく醜悪だった。私は、それを嫌悪しながらも、他人事としてそしる気持ちにはなれなかった。私のなかにも、きっと、同じ顔が眠っているはずだからである。

女性が罪の意識を持っていないことは、日本社会に生きる人間として捉えてみれば、頷けることなのかもしれない。

文化人類学者ルース・ベネディクトが著書『菊と刀　日本文化の型』で喝破したように、欧米が「罪の文化」なのに対して、日本は「恥の文化」である。

個人主義が発達した欧米では、自らの行動や感情を自らの基準に照らし合わせて評価する。かたや日本では、親族や地縁を中心とする人間関係や場の雰囲気こそが大事であり、身の周りの人たちからどう見られているかをひどく気にする。逆にいえば、同じ集団の仲間から悪く見られなければ、どこかの中古車販売会社のように保険金を水増し請求しようが街路樹に除草剤をまこうが、問題なしということになる。

付け加えれば、日本のように共同体の秩序が支配する社会で成功するには、それに同調しながら生きていくことが欠かせない。仲間同士は監視し、もし秩序を乱す者がいれば排除する。共同体の繁栄につながる機会が訪れれば、なんとかしてそれをモノにしようとする。

西山が不正絡みで取ってきた数々の行動は、どれも日本の社会でありがちなものである。

こうして少し引いた場所から眺めてみると、ＪＡ対馬を舞台にした不祥事件はこの国では決して特殊ではないといえる。西山と彼に関係する人たちがはまった陥穽は、きっと私たちの社会の至るところで待ち構えているに違いない。

終章　造反

言い知れぬ悲しみ

あまりに激しく窓辺を打ち付ける雨に、目が覚めてしまった。

最終日の未明、厳原は豪雨に見舞われていた。

梅雨時ということもあって、一週間近く滞在していた間は、大雨になることが頻繁だった。

それにしても今回は格別にひどい。すぐそばで幾人もが小太鼓をバチでたたいているかのように響いてくる。

乗るつもりにしている朝一番の博多港行きの高速船は、果たして無事に出るのだろうか。翌日に東京で約束が入っていたこともあり、旅館の寝床で心配になって寝付けなかった。

だいぶ時間が経ち、ようやく雨音は静まってきた。

高速船の運営会社のＷＥＢサイトで調べると、予定通りに出港するという。安堵した。

定宿を発ったのは六時過ぎ。薄暗がりの空は、雲がきれぎれになっている。好天を予感させた。

今回は、区切りが付いた取材になったという手ごたえがあった。厳原港に向かう一本道を川伝いに歩きながら、晴れやかな気持ちが心のうちを大きく占めていた。

だが、ほどなくして、その隙間に言い知れぬ悲しみが紛れ込んでくることはどうしようもなかった。

直前に、小宮厚實が亡くなった。がんを患っていた。

私にとっては、二〇二二年一一月に九州大学病院で初めて面識を得てから、わずか七カ月後のことだった。

小宮は、二〇二〇年五月に病気が見つかって以降、自宅と病院を行き来していた。

年明けに対馬で会ったときには、「正月は自宅で迎えられましたよ。これからまた入院しますけど、三月には退院して帰宅する予定ですから」と、明るく嬉しそうな様子で話していた。

私は、ちょうどそのころに対馬を再訪する予定だった。だから、再会したいと頼んだ。不祥事件のことを詳しく知りたいというのはもちろんだったが、どこまでも素直に生きようとする小宮に魅力を感じ、その人間性により深く触れてみたいと思っていた。いま振り返れば、じつに情けなく、恥ずかしいくらいに呑気で愚かだった。

三月に入って電話をしてみると、福岡空港にほど近い別の病院に急遽《きゅうきょ》転院することになり、しばらく自宅には戻れないという。

そこで私が対馬に向かう乗り継ぎ便を待つ間に、転院先で面会の機会を作ってもらうことにした。ところが、小宮が当日になって病院に確認したところ、コロナ対策で外部の人間は院内に入れないことが分かり、面会は叶わなかった。

いずれも亡くなってから知ったことだが、小宮は、じつは余命を宣告されていた。そして、彼の転院先は、末期がんの患者が頼っていくところだった。

最後に電話で話をしたのは五月半ば。しばらく鳴らしてみたものの、出ない。すると、すぐに向こうから折り返しがあった。

ただ、声はかすれ、しかも途切れ途切れである。私は自分の電話の調子がおかしくなったのかと思ったが、そうではなかった。やがて聞き取れたのは、「電話はしんどいです。病院に手紙をもらえませんか」という丁寧な調子の短い言葉だった。

そして、少し間があってからの次の一言に、私はハッとなった。

「もう、だめかもしれんです」

小宮は、どこまでも気丈な人だった。それは彼の言動や書き物を通して常々感じてきたことである。だからこそ、弱気な言葉を口にしたことにひどく驚かされたし、それだけ容態が厳しい状況にあることが察せられた。

手紙は、すぐに書かなければならなかった。ところが、私は直後に控えていた長旅から戻ると、自律神経を乱したようで、ストレスとともに襲ってくる激しい頭痛と胃痛でどうにもならなくなった。とにかく何かをやろうとすれば、その痛みが容赦なく襲ってくる。「のたうち回る」ということを、この時に人生で初めて体験した。

まるで役に立たない日がしばらく続いた。いまとなっては、このときに何とかして、お見舞いの手紙だけでも出しておくべきだったとひどく悔やまれる。

用件をしたためただけの短い手紙をようやく送れたのは、二〇二三年六月に入ってからである。

おそらくはそれが病室に届いたであろう日の夜、小宮は帰らぬ人となった。享年六一だった。

消えない悔しさ

「農協には良くなってもらわないといけんですからね。どうぞ、明らかにしてください」

初めて会ったとき、小宮は私にこう告げた。

そのために彼は、自分が知っていることをできる限り教えてくれようとした。二度と同じ過ちが起きてほしくないという、願いに似た気持ちだと感じた。

その気持ちが向かう先は、JA対馬だけにとどまらなかった。こわばってガタガタになっている仕組みを抱え込んだJAグループ全体にまで及んでいた。約一九万人の役職員と一〇〇〇万人超の組合員を抱えるこの巨大組織で不正が絶えない病根がどこにあるのかを、小宮はよく知っていた。

振り返れば、小宮と会えたのはわずか二回に過ぎなかった。電話では、いつでも気軽に取材に応じてくれた。そして、いずれの時でも彼の話は熱を帯びた。私としても聞きたいことが山ほどあった。だから、いつも長電話となった。それが彼の病状を悪化させたのではないだろうか。いまもって申し訳ないという気持ちは消えていない。

一方で、小宮が亡くなってから、彼がたびたびこんなことを口にしていたと、風の便りで耳にした。

「もう、私の話を聞いてくれる人はいないと思っていた。だから嬉しいんだよ」

この発言は、自身の内部告発が組織でとことん黙殺されたことを指しているのだろう。

小宮は、組織内で爪弾きにされるという理不尽極まる憂き目に遭った。そのことで心身を害し、しばらく通院せざるを得なくなったそうである。以後、彼の職業人生をかけた訴えは長年にわたって無視され続けた。

もし当時の執行部が小宮の訴えを誠実に受け止めていれば、その後の惨事はなかったのではないか。すなわち、西山は共済の契約者に不適切な利益をもたらしたというだけにとどまり、死に至るまでの大事にならなかったのではないか。そうすれば、小宮が心身ともに苦しむこともなかったのではないか――。

仮定の話をしても、仕方ないのかもしれない。そんなことは百も承知で、それでもなお、どうにかならなかったのかという思いがぬぐえないでいる。おそらくは小宮も、同じ思いをずっと心のうちに抱えてきたはずである。

私は厳原港に向かって歩きながら、そんな小宮の人柄や彼の無念が思い返されて、つらかった。そして、取材の成果を形あるものとしてその生前に届けられなかったことに、申し訳なくも悔しい気持ちに駆られた。


ただ、私の心の内で悲しみがどうしようもなく広がっていくのは、それだけが理由ではなかった。

なぜだろう。私には、西山の両親はもちろんのこと、西山本人さえもがあまりにかわいそうに思えた。彼らのためにも泣きたかった。

確かに西山は、良からぬやり方で巨額の金をせしめた。それを元手に、遊興にふけったり高額な宝飾品やフィギュアを買い漁ったり、はたまた不動産の事業を始めようとしたりして、数々の欲望を満たし、また満たそうとしてきた。自分を糾弾する職員たちには、あろうことか罵声を浴びせたり、無視をしたりした。彼に異を唱えた後、降格の憂き目に遭った職員もいた。JAの定款や約款はもちろん、法や倫理に反する行為があったことは言うまでもない。
そうではあっても、西山は死ぬほどまでに追い込まれなくてはならなかったのだろうか。しかも、彼一人だけが――。

おだやかな波間を行く高速船の窓の向こうでは、雲の切れ間から朝日が差し込み、一帯の海面をきらきらと輝かせていた。そんな景色を眺めていても、どうにもこうにも収まりがつかない気持ちは消えることがなかった。

不正はなぜ発覚したのか

本書を執筆するため、これまで集めてきた情報を整理しているうちに、私の収まりがつかない気持ちは、取材を始めて以来脳裏からずっと離れなかった疑問につながっていることがおぼろげに分かってきた。すなわち、そもそも西山による一連の不正はなぜ発覚したのか、ということである。

西山は組織内で圧倒的な求心力と影響力を持っていた。その理由は、LAという職種にとどまらずあらゆる事業部門で大いなる実績を挙げて、JA対馬に莫大な収益をもたらしているからだけではなかった。JAの事業を網羅的に操ることで、組合員にさまざまな形で不当な利益をもたらしてきたからでもある。それらが相乗効果を生み出し、西山にたぐいまれな強大な力を与えていった。

おまけに、西山は言葉巧みに自らの印象を操作し、周囲から偶像に近いような扱いを受けるまでになった。「神様」や「天皇」などと、あまりに過剰とも思える呼び方をされるようになったゆえんである。

彼の存在は組織にとってはまさしく必要悪であった。ここで言う組織とは、JA対馬だけを指していない。JA共済連や農林中央金庫、JA全農、JA全中といったJAグループのあらゆる上部団体も含まれる。西山は、日本一のLAとして地域に〝世界一の安心〟をもたらす象徴であり、「地域密着」を掲げて事業を総合的に展開するJAグループにとってかけがえのない存在であった。

だからこそ彼は、「プロ野球選手並み」と豪語するほどの高収入を得ていた。あるいは、その桁外れの営業の実績で「LAの甲子園」で毎年のように表彰されてきたし、JA共済連からは海外への旅行のほか各地のJAでの講演会に頻繁に招待されてきた。行く先々では大いなる歓待を受けている。

それどころか、その〝活躍〟は映像に収められ、あろうことかJA職員の模範としてグループ内で公開された。

偉大な部下の威光にあやかったのは歴代の組合長である。彼らは、JAの全国や都道府県の組織が主催する「研修」という名目の国内外の旅行に真っ先に招待された。JA対馬のような事業の規模においても組合員の数においても小さくて農業が零細であるJAが、全国から脚光を浴びて優遇される理由は、金融部門での奇跡的ともいえる桁外れな実績をおいてほかにはなかった。

ゆえに、私には当初、西山の不正を表沙汰にする理由がどうしても見つからなかった。少なくともJA対馬にとって、組織の存亡を握るといっても過言ではない彼を手放す理由などないはずだからである。

だが、西山は確かに告発された。そこには、オセロゲームで白と黒が一斉に入れ替わるような、形勢をまるで変えてしまうおそるべき一手があったはずである。それこそが彼の死の直接的な引き金にもなったのではないだろうか。

発覚してはいけない理由

西山の不正が発覚した当時のことを、いま一度振り返っておきたい。

疑惑が持ち上がったのは二〇一九年一月一九日である。悲劇が訪れる一カ月と少し前のことだった。

ある女性が台風によりエアコンが損傷したので共済金を請求したものの、それが彼女の口座には振り込まれていなかったことに、当時の上対馬支店の次長である橘信明が気づいたからである。縫田和己組合長をはじめとする執行部らにそれを報告したことから、不正が発覚するに至った。

ただ、かつて同様の指摘をしていた職員がいた。そう、上対馬支店長だった小宮厚實と豊田脩二だ。

不可解なのは、小宮と豊田が告発したときと異なり、なぜ今回は明るみに出されたのかということである。

JA対馬不祥事第三者委員会も、関係者の責任を追及するにあたり、この点は重要だとみていた。それを解き明かす答えとして、調査報告書で次のような考えを記述していることは、すでに紹介した。

〈JA対馬の現組合長が就任し執行部が入れ替わったことによって、故西山の不正を内部告発しやすい環境になったためであると考える〉

これは、確かに一つの理由に違いない。

たびたび記してきたとおり、前組合長の桐谷安博と西山は、直接的な利害関係を持つ不適切な関係にあった。桐谷が組合長になれたのは西山の力によるところ大だし、西山が不正を働いてこられたのは桐谷はじめ執行部が黙認したからである。桐谷が西山から食事を奢《おご》られていたという証言も一つや二つではない。

桐谷が組合長を退いたことで、西山にとって大きな力の源が絶たれ、物申す雰囲気がいくらかはできたと考えるのは筋が通っている。

だが、これだけでは説明できないことがあるのも確かだった。それは、西山の不正が表沙汰になればJA対馬の経営が根幹から揺らぐかもしれない、というリスクをなぜ冒したのか、である。

縫田は、米田からの報告を受けた際にそんな懸念を抱いたはずだ。

それだけではない。疑惑が発覚した場所が上対馬支店だったことも不可解である。

上対馬支店は長年にわたり、実質的に西山の支配下に置かれていた。いわば西山はそこの女王蜂ともいえる存在なのに、なぜ味方であるはずの同僚に「刺されて」しまったのであろうか。

さらに言うと、西山の不正が断罪されれば、とりもなおさず各事業のノルマがほかの職員の肩に容赦なくかかってくる。

それが経済的にも心身の面でも大変な苦痛を伴うことは、職員であれば誰しも容易に想像できたはずである。事実、西山の死後にそのことを苦にして辞めた職員もいると聞いている。

疎まれ始める

私はもやもやとした思いを抱えながら、この疑問を多くのＪＡグループの関係者にぶつけていった。

そして、まずはっきりしたのは、遅くとも二〇一八年ごろから、西山が同僚たちから疎まれるようになっていたということだった。ＪＡ対馬の関係者はこんな話を打ち明けてくれた。

「西山さんが亡くなる少し前だったか、農協のイベントで見かけたことがあるんです。いつも西山さんの周りにはほかの職員が集まっているんですが、その時だけは誰もいなかった。むしろ西山さんが彼らに近づいていくと、逃げるような素振りをしていました」

さらに、この関係者による次の証言は、より真に迫っている。

西山が亡くなる前年の二〇一八年一一月ごろに、突然訪ねてきた西山の様子がひどくおかしかったという。

西山はこの少し前、自らが運転する公用車で自損事故を起こしていた。「山に突っ込んだ」と話していたそうで、おそらくは崖にでもぶつかったのだろうという。

幸いにも大きな事故にはならなかった。ただ、西山は、不満そうにこう漏らしたという。

「上の人たち、冷《つ》めてえって思わんか。俺が事故したのに、車の心配しかせんで、俺の心配をしてくれんって」

かつての西山であれば、これはあり得ないことだった。小宮が内部告発をした際、周りが非難するように言ってきたのは、次のようなことである。

〈西山に病気や事故が起こった場合どうするのか。ＪＡ対馬の事業収益は彼の肩にかかっている〉（賞罰委員会議事録）

西山は、組織内でそれくらい丁重に扱われる存在だったはずである。

このＪＡ対馬の関係者は、西山が突然訪ねてきたときの様子について、こう記憶している。

「いつもあれだけピーンと身ぎれいにしていた西山さんでしたが、その時はまるで違いました。髪はぼさぼさで、ネクタイは曲がっていていて。目はなんかこう膜が張ったような感じで、しばらく寝ていないようでしたね。以前のようなカリスマ性はまるでなかったです」

しばらく疎遠にしていただけに、突然自分の苦しさをさらけ出してきたことに、余計に驚いたという。

さらにこのＪＡ対馬の関係者は、話していいものか迷いながらも、意を決したようにこう続けた。

「いまになって思うんですよ。西山さんは、その時から自分の身について色々と考えよったんじゃないかなって。もしかすると、この事故の時に一度死のうとしたんじゃないかとも……」

同じころ、上対馬支店の周辺で西山の姿をたびたび目撃していた女性は、日に日にやつれていく彼の姿が忘れられないという。

「あん子はもともと線が細かったんだけど、それがさらに痩せていってね。大丈夫かなって思ったから、『お前、ちゃんと飯を食いよっとたい？』って聞いたことがあった」

この時期に西山を見かけたＪＡ対馬の関係者が、「死相が浮かんでいた」と驚くようにして語っていたという証言も得た。

こうした証言から察するに、どうやら西山は亡くなる前年の秋ごろから、落日の様子がすっかりぬぐえないほどになっていた。

私は第三章で西山を撮影した映像を取り上げて、そこに映る西山の表情に翳りがあると記した。映像が撮影されたのは、おそらくはこのころのことである。

先述したとおり、この映像で西山は逆八の字型の「ヤンキー眉」をしていた。私が目にした少なくとも二〇代のころは、ここまで眉毛をつり上げた形にしていなかった。周囲に一層のにらみを利かさなければいけない出来事が起きていたのだろうか。

一つの大きな穴があいた

「二〇一八年の秋に、一つの大きな穴があいたんです」

こう証言してくれていたのは、それこそ元上司の小宮厚實である。

「大きな穴」とは、ＪＡ対馬の上対馬支店と上県事業所の職員たちが開いたひそやかな送別会を指す。

見送られたのは、同支店の臨時職員として長年勤めてきた女性。ＪＡ対馬の関係者によると、彼女は当時、五〇歳を少し過ぎたばかりだった。

ＪＡ対馬の広報誌『ＪＡだより』に、上対馬支店の職員の集合写真が載っている。そこに並んで立っている女性職員は、小柄で、表情からは穏やかで真面目そうな感じが窺える。

その送別会に、一人だけ招かれなかった職員がいた。西山である。

小宮の証言を踏まえてＪＡ対馬の関係者らに聞いていった話をまとめると、当時次のような出来事があった。

女性職員の退職が決まったとき、上対馬支店の職員が送別会を開くことを提案した。ごく当たり前のことである。

ところが、なぜだかそれに強く反対したのが西山だった。

「やらんでいい!」

何しろ、支店の実質的な最高権力者である西山の主張である。ほかの職員はむげにはできない。

そうは言っても、彼女は職場で慕われていた。臨時職員といっても、当時の上対馬支店において在籍期間が最も長く、あらゆる仕事を経験していたので、頼りにされていた。おまけに明朗で、人当たりがいい。

だからこそ、温かく見送りたいというのは職員にとって共通の思いだった。そこで、彼らは西山には内緒でこっそりと一席設けた。

西山は、なぜ送別会に強く反対したのだろうか。JA対馬の関係者は、「彼女を嫌っとったからね。彼女は不正に加わらなかったけん」と打ち明ける。

結局のところ、職員たちが西山の不正に協力してしまうのは、ノルマから逃れられるということが大きな理由である。

女性職員は、そのことがよく分かっていたのだろう。ＪＡグループの複数の関係者によると、彼女は正職員にならないかという打診をたびたび受けていたものの、それを固辞している。

理由は、それこそ正職員になるとノルマが課せられるからだ。臨時職員にはそれがない。ノルマに追われて、やがて不正に手を染めざるを得なくなることをよしとしなかった。

女性職員はいつからか、西山が契約を偽造したり被害を捏造したりして、共済絡みの金を詐取しているという話を周りに打ち明けるようになったという。

ＪＡ対馬の関係者は、「彼女が不正に気づいたんは、貯金業務の中軸を担うようになってから。西山絡みのおかしな金の出し入れがあんまりに多かったけん、すぐに気づいたみたい」と語る。

それまで上対馬支店で貯金を担当していたのは、第二章で紹介した比田勝式代だった。私の手元にあるＪＡ対馬の人事表によると、比田勝は約一〇年前に退職している。

いずれにせよ、西山は女性職員のことを苦々しく思ってきた。加えて、彼は亡くなる少し前から、不動産の資金繰りに追われていたという証言もある。

たとえば、西山と懇意だった山田幸弘が経営する株式会社ヤマダで働いていた人物は、西山が山田のもとに借金を願い出てきたことを記憶している。

山田に確認したところ、その覚えはないという。ただ、西山が金の工面に必死だったことは否定せず、代わりにこんな証言をしてくれた。

「上対馬支店のATMから出てきた西山を見た人が、こう言うてた。『あの顔は鬼やっち。あの子はなんかあるよ』って」

面接士として西山に協力していた竹末千文も、私の取材にこう告白している。

「西山は行き詰まりよったんじゃないですか、金の面で。いまになればそう思う」

一連の証言から察するに、西山は不正に加担しない女性職員に苛立ちを募らせていたのではないか。

西山による女性職員への苛烈で執拗な仕打ちは、送別会の例に限らず、日常的に散見されるようになっていた。女性職員からたびたび悩みを打ち明けられたという女性が証言する。

「彼女はずっと悩んどった。西山から、デブだとかブスだとかを正面切って言われているんだと……」

その威になびかない男性職員には無視をしたり降格の憂き目に遭わせたりという陰湿な対応を取ってきた西山だったが、女性に対してはあからさまな対応に出た。女性職員はそれを苦にして、退職を余儀なくされたとも言われている。

私は、当時のことをぜひとも彼女に聞いてみたかった。ただ、いまは対馬を離れて暮らしているそうだ。

そこで、いくつもの伝手を頼ってその連絡先を知ろうと試みた。だが、親しかったという人ですら、彼女の居場所はおろか連絡先すら知らなかった。かつて使っていた携帯電話を解約したようだという。

はがれたメッキ

さて、肝心なのは、ここから先である。

送別会では、人望があった女性職員に辛辣な態度を取り、退職にまで追い込んだ西山を非難する声が出始めた。

それと同時に批判の的になったのが、西山のこれまでの悪事だった。

まず、小宮と豊田という内部告発をした二人を追いやったことについてである。

そこに、火に油をそそぐような話題が出た。それこそが、西山が「後期の手口」を使って共済絡みの金を不正にせしめていることだった。

上対馬支店の職員が当初、それに気づいていたかどうかは分からない。ただ、女性職員は、貯金を担当するようになった早い段階で、それを把握しており、いつしか周囲に打ち明けるようになっていった。

おかしな動きをする金は、時を追うごとに大きくなった。それとともに、職員は不信感を強めつつ、このまま西山と関わっていると自らも罪をかぶることになりそうで怖くなっていったそうだ。小宮は私にこう話していた。

「多額の現金について、あからさまにおかしな扱いをするようになっていったんですね。たとえば、ある職員は西山の指示で、農協で現金化した八〇〇万円を郵便局からどこぞやの口座に振り込みをさせられた。それをほかの職員に言うたら、その職員は自分もさせられたと。それで、西山に関わることを怖がるような雰囲気にだんだんとなっていったようです」

JA対馬の関係者らによると、一部の職員の間では、西山の「差別」に対する恨みも生まれるようになっていた。

差別とは、第二章で詳らかにしたように、共済の被害を偽装して不当な金の恩恵に与った職員がいた一方で、その逆もいたということである。西山に自分だけがその恩恵から除外されていることにたびたび文句を言ってみたものの、相手にされなかった。

JA対馬の関係者の話を総合する限り、西山は自らの不動産投資にからみ多額の金が必要になったことで、近しい職員にいい目を見させるということをしなくなっていたようだ。

西山は同様の差別を組合員にもしていた。これまた当該の組合員から恨みを買い、事件の発覚を早める一つの流れになっていったという証言もある。

ひっそりと開かれた送別会は、こうした話題で異様な盛り上がりを見せた。それまで西山を偶像のように崇拝していた人たちの間で、そのメッキは一気にはがれ落ちていったのである。かつては職員や組合員たちに尽くしてくれていた西山が、いつの間にか自らを利することばかりに取りつかれていた。そして職員は、西山に利用されていることをついに自覚したのだった。

残された選択肢

潮目は変わった。女性職員の送別会は、西山に反旗を翻す場となった。

それは皮肉なことに、上対馬支店長だった小宮を孤立させるために、かつて西山自身が開いた「職場を明るくする会」と瓜二つである。いまや職場を暗くしているのは西山だった。今度は、自らが追い落とされる番となった。

この後に起きた出来事はこれまで記したとおりである。不正はようやくにして明るみに出された。そして西山は逃げ場を失った。西山にとってみれば、このような窮状を相談できる相手がいたら、よかったのだろう。ただ、知人らが証言するように、おそらくそんな相手はいなかった。

もはや彼に残されている選択肢は二つしかなかったのではないか。罪を認めて責任を取るか、永遠に沈黙するかである。

だが、自尊心が強く、「富」「名声」「力」を手放すことをよしとしなかった西山にとって、いまさら前者を選ぶ自分を許せるはずもなかった。向かうべき先は、後者しかなかったに違いない。西山と親密な仲にあったとされる人物は私の取材に、当時の西山が抱えていた心の内を次のように推察した。

「罪を認めてすべてを手放すくらいなら、それを握ったまま死のうとしたんだろう」

踊らされてきた

西山はすべての秘密を海の底に持っていった。もちろん誰も、彼が海に身を投じた本当の理由は、分からない。

それでも問いたい。今回の不祥事件はすべてが彼一人の責任であり、その死は彼の意思によるものだったのだろうか、と。私には、どうしてもそうは思えない。

「西山はずっと踊らされてきたんです」

初めて会ったとき、小宮はこう語っていた。

取材を終えたいま、私はその意味をようやく理解した。そして、同じ考えを持っている。そう、西山はずっと踊らされてきた。ノルマの達成や営業の実績を至上とする舞台で。その舞台をともに作り上げてきたのは、ほかならぬＪＡグループの関係団体に加え、ＪＡ対馬の役職員と組合員である。あるいは、それ以外にも彼の恩恵に与ろうとしたすべての人たちである。

彼らは日本一の踊り手を手放しで褒め称えた。

踊り手が人々を喜ばすことに一生懸命だったときはまだ良かった。

だが、自ら事業を興そう、という雑念が交じり始めてから、うまく踊れなくなっていった。するど、舞台の作り手たちはそっぽを向いた。それどころか、一部の人たちはひそひそ声で難じ始めた。

いつしか照明は消えていた。もはや彼には、戻るべき舞台は残されていなかった……。

聡明な小宮は、西山の死の真相を深く理解していた。だからこそ、西山からさんざんひどい目に遭わされながらも、ついにかつての部下を憎み切ることはできなかった。

小宮が許せなかったのは、なにをおいても部下を不正に走らせた仕組みであり、人と組織を腐敗させる構造にあった。事実、小宮は西山の不正を批判する一方で、おそらく職員の中では誰よりもその身を案じていた。母梅子が振り返る。

「あん子が亡くなった後、小宮さんは、私の家に真っ先に線香をあげに来てくれました。その時、息子にこう忠告したことがあるんだと話してくれました。共済連から今月は何億円分の契約を作れとか言われとるみたいだけど、そんな無茶はやめとけと。そんことを何度も注意したと。そんな無理をしていても、最後は誰も面倒をみてくれん。お前だけが痛い目に遭わんといけんことになるぞ、とも」

小宮はその時、西山の両親にも気遣いの言葉をかけていた。西山がＪＡに就職した際、その身元保証人になっていたため、両親が不正の責任を負わされようとしていたからだ。

「小宮さんは、義治のことで農協から困ったことを言われれば、いつでも私の名前を出してもらって構いません、いつでも私に相談してください、それが元上司の務めですからって言ってくれました……」

皮肉なことに、同僚のなかで西山の身をもっとも案じていたのは、彼がもっともひどい目に遭わせた上司だったのである。

涙の意味

これまでの取材を振り返ってたびたび思い起こされるのは、二度目に対馬を訪れたときのことだ。西山のことを古くから知る男と会う機会を得た。

場所は、相手が指定してきた、海が見渡せる高台にある公園の駐車場だった。

真冬の朝。私はがらんとした駐車場の一角に車を停め、男を待った。

窓の向こうでは、雲一つない空に太陽が昇り、やわらかな日差しが雄大に広がる海を橙色《だいだい》に染め上げていた。

約束通りの時間にやってきた男は車を私の車の隣に着けた。そして車を出ると、こちらの車に入ってきて助手席に座った。

私はいつものように、時間を取ってくれたことのお礼とともに、あらためて取材の趣旨と目的を伝えた。

男はそれが終わるのを待って、すぐに西山について色々と話し始めた。事件のことから西山との思い出まで。詳しいことはここには書けないが、ひどい仕打ちを受けたことがあり、ずっと憎んできたという。

けど……。男は随分と長いこと話した後で、一呼吸置いてから、何かを絞りだすようにしてこう続けた。

「いまは、なんか、もう、あんまりにかわいそうで。西山さんが亡くなってから、職員にしても組合員にしても、『あん、西山が』ってけなしよる。西山軍団だったやつらの中にも、そんなのがおる。でも、お前らは西山さんのおかげでさんざんいい思いをしてきただろうに！うまいもんを食べさせてもらったり、福岡に旅行に連れていってもらったりしただろうに！それなのに、自分たちのことを棚に上げて、いまになって西山さんだけを悪く言うなんて。まるでカメレオンみたい。白と言われれば白、黒と言われれば黒と、旗色のいいほうにすぐに変わっていく。それって、あんまりやろ……」

男は、私ではない誰か大勢に訴えかけているようだった。気づくと、その声は震えていた。私がふと横に目をやると、その頬には涙が伝っていた。


いまになって、私にはこの涙の意味がしみじみと分かる。

西山には、守るべき家族や西山軍団をはじめとする仲間たちがいた。自分が沈黙したままでいれば、彼らは疑われこそすれ、責任を負わされることはない。家族には自分が生命共済でかけていた多額の共済金が支払われる。それで、きっと、何不自由なく暮らせるはず。

そのためには、あらゆる罪は己一人でかぶればいい。自分のおかげでいい思いをしながら、もっと言えば共済絡みの金を不正に手にしながら、裏切った人たちはいた。ただ、それも、いまとなれば飲み込んでおくしかない。

長きにわたって幾多の懊悩《おうのう》はあったはずである。ただ、最後に西山は船長として、他人には理解しがたい信条を持ってそう覚悟を決め、海に身を投げたのではないか。

これは、その死が自殺なのか事故死なのかということとは、本質的にはまったく関係のないことである。結果として、西山に関わるあまりに多くの人と組織が、一人の身代わりを出してしまったことに変わりはない。

そして、いまだに自らの罪をさらけ出し、罰を受けようとする者はいない。それどころか故人を腐すことで、自らの身を守ろうとする人たちがいる。「死人に口なしとは、このこと」という言葉を、取材を始めてから何度聞いただろう。

深く重い沈黙が、国境の島と巨大組織を覆っている。

櫛の入り江は、いつ行っても、穏やかである。時折、カモメが鳴くくらいだ。

西山がここに車ごと飛び込んでから、海中に姿を消すまで、一〇分ほどの時間があった。

住民がすぐに岸壁に集まってきた。人によっては大きな声をかけ、人によっては見守るばかりだった。

凪《なぎ》の海に頼りなく浮かんだ車は、フロントガラスを彼らのほうに向けていた。

西山は、両手でハンドルを握ったまま、身じろぎもしなかった。両目を開き、ただただぼんやりと虚空を見つめているだけのようだった。

つかの間、彼はいったい何を思っていたのだろうか。

主要参考文献（自著含む）

雨森芳洲『交隣提醒』（平凡社、二〇一四年）
奥原正明『農政改革　行政官の仕事と責任』（日本経済新聞出版社、二〇一九年）
窪田新之助『農協の闇《くらやみ》』（講談社、二〇二二年）
佐伯弘次『対馬と海峡の中世史』（山川出版社、二〇〇八年）
桜井徳太郎『日本民間信仰論　増訂版』（弘文堂、一九七三年）
司馬遼太郎『街道をゆく13　壱岐・対馬の道』（朝日新聞出版、二〇〇八年）
鶴田啓『対馬からみた日朝関係』（山川出版社、二〇〇六年）
『週刊現代』二〇二二年一二月一〇日号・一七日号
『週刊ダイヤモンド（特集　儲かる農業２０２１）』二〇二一年三月二〇日号

第22回開高健ノンフィクション賞　受賞作

装丁　水戸部 功

編集協力　株式会社集英社インターナショナル

窪田 新之助（くぼたしんのすけ）
ノンフィクション作家。1978年福岡県生まれ。明治大学文学部卒業。2004年ＪＡグループの日本農業新聞に入社。国内外で農政や農業生産の現場を取材し、2012年よりフリーに。著書に『データ農業が日本を救う』『農協の闇』、共著に『誰が農業を殺すのか』『人口減少時代の農業と食』など。

対馬《つしま》の海《うみ》に沈《しず》む

2024年12月10日　第1刷発行
2025年 3 月18日　第5刷発行

著　者　窪田《くぼた》 新之助《しんのすけ》
発行者　樋口尚也
発行所　株式会社 集英社
〒101-8050 東京都千代田区一ツ橋 2-5-10
編集部 03-3230-6141
読者係 03-3230-6080
販売部 03-3230-6393（書店専用）
印刷所　大日本印刷株式会社
製本所　加藤製本株式会社

ISBN978-4-08-781761-4 C0095